コレクション 現代フランス語圏演劇

Théâtre contemporain de langue française

Michel Azama

Croisades
Zoo de nuit

ミシェル・アザマ

十字軍
夜の動物園

訳=佐藤 康

05

日仏演劇協会・編

れんが書房新社

本書は下記の諸機関・組織の企画および協力を得て出版されました。

企画：東京日仏学院

協力：在日フランス大使館
キュルチュールフランス
SACD（劇作家・演劇音楽家協会）

L'INSTITUT
東京日仏学院

Cette collection *Théâtre contemporain de langue française* est le fruit d'une collaboration avec l'Institut franco-japonais de Tokyo, sous la direction éditoriale de l'Association franco-japonaise de théâtre et de l'Institut franco-japonais de Tokyo

Liberté • Égalité • Fraternité
RÉPUBLIQUE FRANÇAISE

CULTURESFRANCE

SACD

la culture avec la copie privée

Avec le soutien de l'Ambassade de France au Japon, de CulturesFrance et de la SACD

目次

十字軍／夜の動物園

十字軍

登場人物

女の子
男の子
老紳士
老婦人
めんどりおっ母
男
イスマイル（十五歳）
ヨナタン（十五歳）
クリム（十七歳）

水汲みのバケツを持つ老婆
赤膚のインディアン
煤で真っ黒の男
ベラ（二十歳）
ザック（三十五歳）
通行人
泥まみれの死人
海藻と灯油まみれの死人

*文中の〔 〕は訳注

プロローグ

（女の子と男の子が闇に囲まれた何もない空間にいる）

女の子　チャック！〔擬音〕（人形の片腕をもぎ取る）私のお人形、爆撃で片腕なくなっちゃった。
男の子　急げ！　傷口を焼け！　血が出るぞ！
女の子　バ〜カ！　お人形だもん、血なんか出ないわ。
男の子　でも焼くんだ！　こうすんだ。（マッチで人形の肩を焼く）臭せえ！　プラスチックってほんとに臭せえ、人間焼いてるみたいだ。
女の子　お人形だってば。あぶない！　弾が当たった。チャック！　チャック！　片足、もう片腕！
男の子　やりすぎだって。殺しちゃうよ。
女の子　焼いて！　焼いて！　ああ！　臭い、すごい！　全部取って。頭があったら死なないわ。

男の子　だけどさあ。
女の子　頭を取るから死ぬんだって。あっ！……見て！

（小さなパラシュートが舞台の上から落ちてくる）

男の子　何かな？
女の子　プレゼントみたい。
男の子　僕のだ！
女の子　ちがう、私の！

　僕のだ！
　私のよ！

（二人は包みを奪い合う）

男の子　僕のほうが強いもん。
女の子　バ〜カ。男の子ってバ〜カ。いいもんなんか入ってないもん。薬かなんか、つまんないもんよ。
男の子　うらやましいんだろう。

女の子　そうじゃないもん。
男の子　そうだもん。
女の子　ちがうったら。
男の子　そうだもん。なら、どうして泣くんだよ？　開けてみようか。
女の子　勝手にしたら。お人形の手当てしなくちゃ。黒焦げになっちゃうわ。従兄弟が腕をなくしたときみたいに。
男の子　見て！　トラックだ。タンクローリー！　うわあ、リモコンだ！
女の子　それが何よ？　バ〜カ！　ガキのおもちゃじゃない。
男の子　ねえ、怒んないでよ。見て。トラックを置くだろ、ぼくのそばに。で、これがリモコン、君が持つだろ。で、このボタンを押すとトラックがそっちへ走っていくんだ。分かった？　もう怒ってない？　一緒に遊ぶ？
女の子　いいわよ。貸して。

（男の子は女の子から数メートルのところにいる。女の子がリモコンのボタンを押す。トラックが爆発する。男の子は吹き飛ばされる。床で動かない）

女の子　どうしたの？　すてきなおもちゃじゃない、ねえ？　何、このおもちゃ、ねえ？　死んじゃったの、ねえ？

（女の子は男の子に近づく）

死んじゃった！
従兄弟といっしょ、おばさんといっしょ、おじさんといっしょ、パパといっしょ、弟といっしょ、ジェレミーおじさんといっしょ。
（人形に）バカ！　あんたが悪いのよ。あんたのせいで喧嘩になったんだからね。バカ！　あんたみたいなお人形、こうしてやる！　うっかり地雷を踏んづけて、ほら！　頭が、屋根まで吹っ飛ぶのよ！

（女の子は人形の頭を引き抜いて放り投げる）

そおら、死んじゃった。ざまあみろ！　お友だちも死んじゃった。お人形も死んじゃった。遺されたのは私とママだけ、私、とっても、かわいそう！

（女の子は泣く。死んだ男の子が立ち上がって、話す）

男の子　ごらん、なんでもないよ。泣かないで。僕、苦しくないもん。僕ね、ママが言うみたいに「死亡」したんだ。一瞬で「死亡」さ。最高だね。君にも見えたろ、大きな光。ああ「死亡」したんだなって分かったよ。

女の子　どんな感じ、「死亡」するって？
男の子　いい感じだよ。
女の子　いい感じ？　それだけ？
男の子　人形遊びより、いいよ。
女の子　退屈しないの？
男の子　しないよ。ほかの「死亡」した人たちが僕を待ってたんだ。
女の子　私も「死亡」してみたい。
男の子　勝手に決められないのさ、「死亡」するか「死亡」しないか。勝手に「死亡」できないんだ。
女の子　そんなのないわ。トラック貸して。
男の子　無駄だって。一回しか爆発しないんだ。ねえ、ママに伝言してよ。ママが来たらさ、ショックだろうな。僕が硬くなって黒焦げだから。
女の子　硬くも、黒焦げにもなってもないじゃない。
男の子　それは死亡した人でも、まだフレッシュだからさ。君の目にはそう見えても、ママにはそうじゃないんだ。
女の子　どう見えるの？
男の子　ママに見えるように見えるんだ。ママには「死亡」した僕が見える。けっこうつらいと思うんだ。生きてる僕しか見慣れてないからね。慣れるまで時間がかかるな。
女の子　ママだって、ほかの人が「死亡」したの、見たことあるでしょ。

男の子　うん、でも、それって僕じゃないし。
女の子　私も「死亡」したい。
男の子　邪魔しないでよ。まだすることがあるんだから。
女の子　何するの？　することなんかないじゃない。死人って、土の中で眠ってて、昼も夜も何にもしてないのよ。だいたい、眠ってないわ。何もしてないのよ。土と根っこのなかで退屈してるだけよ。
男の子　何が分かるんだい。
女の子　教わったんだもん。
男の子　しょうもないこと教わったもんだな。「死亡」したことないんだから、生きてる人間には何にも言えないのさ。僕みたいな子供にだって、死人には仕事があるんだ。
女の子　どんな仕事？
男の子　それは秘密。気にしないの。それよりママのこと。ママが僕を見たら泣くからさ、ママに言ってほしいんだ。僕はほかの「死亡」した人たちと一緒に、元気でやってるよ、って。いい？
女の子　「死亡」しちゃったのよ、元気じゃないじゃない。
男の子　バ〜カ。女の子はこれだ。ちっとも分かってない。ほんとに時間の無駄。僕にはまだやることがあるんだよ。

（男の子は横になって動かなくなる）

女の子　怒んないでよ。どうして硬くなっちゃうの？　死ぬのやめて。もう「死亡」しないで。もう遊ぶのやめるから。ねえ、機嫌直して。死ぬのやめて。ずっと「死亡」してるのやめて。男の子の遊びって、ほんとバッカみたい。こっちが頭にきちゃう。私、とっても、かわいそう。

（機関銃の掃射。女の子が倒れて死ぬ。ゆっくりと、起き上がって、言う）

女の子　ああ！　私も「死亡」したんだわ。

（女の子は男の子に触れる。男の子がゆっくり起き上がる。二人は静かに見つめ合う。手を取り合って舞台奥へと遠ざかる）

（舞台の奥に老夫妻が登場する。老婦人は白い日傘をさしている。二人とも上品ないでたち。二人は男の子と女の子に手を差し伸べる。子供二人と老夫妻は光のなかに飲み込まれるように消えていく）

第1景

（めんどりおっ母と男）

（形も時代もはっきりしないロングドレスを着た、神話的な身なりの女性が登場する。これがめんどりおっ母である。彼女は観客に直接語りかける。この景は暗闇に囲まれた空間、あるいは観客席の中で演じられる）

おっ母　ちょいと、
まだかい、エルサレムは。

歩いて歩いて、もう歩きどおし、
西暦一二一二年から、ずうっと歩いてんだ。

もう足がぼろぼろ。くたびれたよ。

ほんとにくたくた。静脈瘤が破裂して、膿が、膿が、泉みたいにあふれ出たんだよ。

もうずいぶんになるね、死んでから。

死んだって、休むわけにゃいかないのさ。なにしろこの足でエルサレムに立つまではねえ。

誓いは誓い。死んだなんて言い訳にもなりゃしない。

でも、もうこのあたりだろうに。

今、何年だい？

年なんてあたしゃ、五十ずつ数えるんだ。

しかしまあ、なんて話だい。

大勢の無邪気な子供らと一緒に、あたしゃ出発したんだ。

わんさかわんさか、国じゅうから洪水みたいにあふれ出てきた子供たちだよ。

いざ、進め、エルサレム解放だ！

歌えや進め、「進軍だ、進軍だ、神よ、我らを守り給え！」って。

恐ろしい騒ぎ。すごい数の子供っていう子供。髪の色だっていろいろさ。ブロンド、茶色、真っ赤なの。巻き毛に縮れ毛、ごわごわ毛。片目もいれば、びっこもいた。

三万人だってさ、エルサレム目指して三万人の子供たちが出発さ。昔の話で、もう忘れちまったがね。

けど、千々に乱れた思い出が、やっぱり甦ってくるねえ。

羊飼いのエチエンヌ、天使の声が聞こえる十五歳の男の子、その子の顔も見たんだよ。

「戦争には戦争だ！　死には戦争だ！」

天使がそう言ったんだとさ。

群れの羊もひざまずいて、お願いです、エルサレムを解放してください、って言ったんだ。

聖なる都じゃサラセン人が、尊い十字架を汚してる。聖なる墓に寄ってたかってクソ、小便。

解放だ、解放するんだ！

聖書にも書いてある、って言うけど、あたしにゃ分からない。

なにしろあたしゃ字が読めない。

で、羊飼いと子供たちは出発さ。進軍！

クルミの枝で巡礼の杖をこしらえて、

「進軍だ、進軍だ、神よ、我らを守り給え！」


（彼女は坐りこむ。ぼろ服の男が登場）


おっ母　あんた、誰だい？

男　俺は木こりのルノーだ。

昔はカシの木一本、斧百ふりで倒したもんさ。

もう奴隷はこりごり、だから十字軍に入ったんだ。

シャンペーニュはブロワ王、ルイの軍隊だ。

宮廷のお歴々も、家来も、領主も、土地持ちの聖職者も、奴隷の俺も、みんな一緒に出発した。

旗さしものをなびかせて、豪華絢爛、荷車の大行列で出発さ。俺は国を出てみたかった。

いろんな丘を見たかった。いろんなものが見たかった。

おっ母　あんた、エルサレムへ行ったのかい？
男　ああ。
おっ母　かわいそうに。そこに居られなかったのかい。
男　俺は家《うち》へ帰りたい。
おっ母　帰ったって、とっくの昔にみんな死んじまってるよ。
　あんた、あっちで何をしたんだい？　教えとくれ、エルサレムのこと。
男　俺たちは聖なる墓を解放して、神を喜ばせた。
　道でも庭でも中庭でも、しこたま殺してやった。
　ユダヤの教会を焼き払い、壁という壁に首をさらしてやった。町じゅう血の海。馬の手綱まで血を浴びての進軍だ。
おっ母　そんなことして神様はお喜びかね。
男　町の解放、なによりもそれさ。
　貴族も騎士も、みんな日が暮れると体を清めて、着替えして、裸足で血の海を歩いたんだ。イエス様が歩いたその場所に、歓喜の涙を流しながら口づけしたんだ。これぞ天国。
おっ母　天国ってのは、そんなところじゃないと思うがね。
男　イエス様の亡骸が横たわっているみたいだった。
　ミサの間も兵士はこぞって町を清め歩いた。何千という屍を踏み越えては、子供たちの頭を岩で叩き割った。キリスト教徒の大いなる喜びの日だった。
　聖墳墓教会では貴族も騎士も、お香の煙と蠟燭の灯火のなかで歓喜の涙に濡れていた。

報せを聞いた法王様は、感極まってお亡くなりになったそうだ。
おっ母　おかわいそうに。
ところで、今、何年だい？
男　さあね。
おっ母　まだ遠いのかい、エルサレムは？
男　さあね。
おっ母　せめて方角はどっちだい？
男　すべての道はエルサレムに通じる。

（男が退場する）

おっ母　聖なる町へ行ったからって、あの男、たいしたこと学んじゃいないね。
さ、行こうか。

（母が退場する）
（舞台装置が現れてくる。戦闘地区）

第2景

（イスマイル、ヨナタン）

ヨナタン　イスマイル、俺、行くよ。というか、お別れだな。
イスマイル　行く？　どこへ？
ヨナタン　向こうさ。
イスマイル　え？　あいつらのとこ？
ヨナタン　ああ。
イスマイル　気でも違ったのか？
ヨナタン　ウチはお前の家と宗教がちがう。ウチはドンパチ始まる前にこっちへ来た。もう昔と違うんだ。ウチは向こうの人間だ。
イスマイル　あいつらとやってくのか？
ヨナタン　仲間はあいつらだ。
イスマイル　バカ言うなよ、お前、ここで生まれたんだろ。一緒にサッカーしたじゃないか。バカな。
ヨナタン　まったくだ。
イスマイル　ここにはお前を攻撃するやつはいない。お前はここの人間だ。
ヨナタン　さあ、どうだか。事態はひっくり返った。
イスマイル　みんな穴の底にいるみたいだ。もう分からない。何が起こってるんだ。分かりたい。

ラジオも聞いてる、情報も取ってる。この戦争は、欺瞞の戦争だ。どいつもこいつもみんな嘘つきだ。もう分からない。

ヨナタン　俺も胃腸を悪くした。神経が立ってる。眠れない、眠れないんだ。

イスマイル　そういうときは数えるんだ、銃声が一発、銃声が二発……

ヨナタン　やってみた。でもますます目が冴えてくる。

俺は行くよ。

イスマイル　待ってくれ。そりゃないだろ。また会えるだろ。

ヨナタン　あっちとこっちじゃ、そう簡単にはな。

イスマイル　ガキの頃、戦争って、学校行かなくてよかったじゃないか。覚えてるかい、今日は学校休み、爆撃の日だよって、そう言ってたよな。

お前、あいつらとうまく行かないよ。

俺たちはライオン、あいつらは犬だ。

ヨナタン　でも、しょうがないんだ。

イスマイル　友だちだろ、親友だろ。お前が敵だなんて、信じられない。お前のためなら俺は今、ここで死んだっていい。

お前、医者になるんだろ、俺はエンジニアさ。

十五歳になったとき、女の子連れて海に行ったよな。あれっきりやってないよな。

ヨナタン　もうないんだ。

イスマイル　ヨナタン！　ずっと一緒だって、言ったじゃないか。

ヨナタン　ガキだったんだよ。それに、戦争じゃなかった。ホントにはな。こういうふうじゃなかった。
イスマイル　始まったのは、あの日だったな。
ヨナタン　それがどうした？
イスマイル　ピクニックでバーベキューしたよな。女の子とダンスして、帰ってきたら誰かが何か言ってたけど、何のことだか分からなかった。あっちがたいへんなことになってる、って、帰ってきたとき……。
ヨナタン　ああ。いつもはにぎやかなのにな。それが猫の子一匹いやしない。
俺は行く。
明るいうちに境界線を突破する。
イスマイル　おふくろが泣いてたよ。俺が死んだと思ってやがった。
ヨナタン　ウチもそうだった。お前、いちばん可愛い子、口説いてたな。もうやめよう。しょうがない。
イスマイル　うらやましかったんだろ。
ヨナタン　平和だった。こうじゃなかった。
イスマイル　サッカーしたよな、イチジク盗んだよな。
ヨナタン　もうおしまいだ。
イスマイル　そんなのないぜ。あっちで、あいつらと。信じられない。俺たちを撃ってくるのかよ、俺を撃ってくるのかよ。嫌だ。

ヨナタン　お前が信じようが、信じまいが、そういうことだ。
イスマイル　お前、心がないのかよ？
　残念だな、俺たちが同じ宗教じゃなくて。いつか、同じ天国で会えればいいんだけど。
ヨナタン　あるさ。
イスマイル　どういう心だ？
ヨナタン　向こうもこっちも、みんなが俺たちを墓場へ追い込んでるっていう気持ちさ。
イスマイル　答えになってない。行かないでくれ。
ヨナタン　行かなくちゃ。さあ、抱いてくれ。
イスマイル　嫌だ。勝手にしろ。

（二人は抱き合う。ヨナタンは走り去る）

イスマイル　ヨ、ナ、タ〜ン！　帰って来い、ヨナタン、行くんじゃない！　あいつらは犬、俺たちはライオンだ。
　ヨ、ナ、タ〜ン！

（急速に暗転）

第3景

（めんどりおっ母、続いて赤膚のインディアン、煤で真っ黒の男）

おっ母　……ってわけで出発さ。子供たちは最初は数人、
それがみるみる数千人。
あたしゃ不幸者だね、あのざわめきが押し寄せてくるのを聞いちまったんだ。
まるでネズミの大群さ、丘という丘からなだれ落ちてくる。
脅そうが、なだめすかそうが、縛ろうが、閉じ込めようが、もう子供たちを抑えられない。
城壁はよじ登る、家畜はほっぽりだす。
森の奥に身を隠しての、進軍、また進軍。
父親は斧やら棒やらでもって、倅を死ぬほどどつるしあげる、
母親は胸やら顔やらかきむしって泣き叫ぶ、
ところが子供は頑として聞かない。
十字架を、ろうそくを、香炉をかかげて
家々から出てくる子供たち。

子供たちが通る。教会の鐘はひとりでに鳴り響く。

数え切れない鳥や蛙や蝶が、後を追って海をめざす。

あたしゃ不幸者だね、あのざわめきが押し寄せてくるのを聞いちまったんだ。

どうやって守ってやればいいんだい、十四人いるあたしの子供たちだよ。

エルサレムへの気違い騒ぎから、十人の息子と四人の娘を。

ウサギのキンタマと鳩の肝でまじないの薬もこさえたんだ、
首にはにんにくを巻きつけて、子供たちが眠ってるすきに、腰に聖水をぬりこんでやったんだ。

エルサレムなんぞに行くやつには不幸が起こると、そう言い聞かせてやったんだ。

赤ひげ公も獅子王も、みんなやられちまったんだ。

どうして丸腰の子供にできるっていうんだい。

目から恐怖をにじませて、エルサレム帰りの連中が言うことにゃ、ボードワンは生身のまま野ざらし、傷口を鳥につっつかれてたそうだ。連中は口から斧を、剣を、槍を、短刀を吐き出すようにそう語る。

サラセン人は傷を負った人間の心臓をもぎ取って食らう。

やつらは牝ヤギと交尾する、子供を釜ゆでにする。

そう言っても子供たちは笑ってるだけさ。

あたしは十人の息子と四人の娘を部屋に閉じ込めた。

けれどもあの子供たちの軍隊の歌が聞こえてくる。

十四人とも気が狂ったみたいになった。
あたしは窓も扉も釘で打ちつけた。
でも信じられない力が子供たちの腕に湧いてきた。
あたしは玄関で寝てたんだよ、
なのに十四人とも、あたしをまたいで黙って出て行ったのさ。
あたしは追いかけて叫んだよ、
「母さんを八つ裂きにしてから出ていっとくれ！」
子供たちにはなんにも聞こえない、戻って来やしない、
一も二もなく、あたしもいちばんデッカイ鍋をひっつかんで、
さあ、出発！　ってわけだ。ちぇっ、老いぼれた足だけどね。
で、それからさ、ライ麦やら大麦やら、あれば引っこ抜いて作ったよ、スープのなかの
スープ、闇鍋ってわけさ。
そいつを誰かれかまわずふるまってる。
何世紀もずっとスープ作り。
神様の風の吹くままさ。
人間にゃあ、良い天使と悪い天使がついてるってね。
でも、どっちがどっちか、分かったもんじゃないね。
で、あたしゃ、子供たちを見失っちまった。
見なかったかい？　丘という丘からなだれ落ちてくる、ネズミの大群を。

（しばらく前から、インディアンと煤で真っ黒の男が登場している。めんどりおっ母は二人を見る）

煤男　何だい、こりゃ？
おっ母　ひゃあ、
赤い人間だ。初めて見たよ。
アメリカ生まれさ。
煤男　アメリカ？
おっ母　何だい、アメリカって？
煤男　広い海の向こう、
新世界だ。
おっ母　新世界？
あんた、何の話をしてるんだい？
煤男　広い海の向こう側に見つかった、世界のもう半分さ。
おっ母　世界のもう半分。
煤男　ああ。
おっ母　はあ？　ってことは、その世界のもう半分のせいなのかい、あたしらがバランスを失って、地球が狂っちまったのはさ？　で、あんた、なんで真っ黒なんだい？
煤男　煙さ。異端審問で火あぶりになった。

おっ母　異端審問って、何だい？　なんで火あぶりなんだい？
煤男　宗教裁判だ。
おっ母　ああ、あんた異端者。
煤男　ちがう。
おっ母　何かしでかしたんだろ。
煤男　ちがう。
おっ母　浮気は神様への侮辱だよ。
　　　枢機卿の愛人と寝ちまったら、神様への最大の侮辱だね。
煤男　ちがう。
おっ母　何かしでかしたんだろうに。
煤男　あそこの皮がない。
おっ母　は？　そんなことで火あぶりかい？
煤男　ごらんのとおり。
おっ母　なんて時代かね！
　　　で、あっちは？
煤男　一緒だ。異端審問。
おっ母　あそこの皮がないんだ。
煤男　皮はある。
おっ母　じゃあ何だい。

煤男　肌が赤い。
　キリストを知らない。
おっ母　なるほど。そりゃふたつとも道理だね。
　で、どこへ行くんだい？
煤男　約束の地へ。
おっ母　ずいぶん大勢の人に約束されてんだね、その土地は。あんた、子供が三万人通るのを見
　なかったかい？
煤男　三万人？
おっ母　ああ。それに、あたしが産んだ十四人。

第4景

（クリムとイスマイル。クリムが走って登場。手には機関銃カラシニコフ）

クリム　来るぞ、あいつら来るぞ、武装集団だ。
　石とタイヤで道路を封鎖したぞ。
イスマイル　興奮しまくってる。
クリム　タイヤに火をつけたぞ。

イスマイル　撃ってくる。三百人はいる。皆殺しにするつもりだ。
クリム　車を燃やすぞ。
イスマイル　そこらじゅう燃やすぞ。
クリム　煙がすごいな。目をやられる。
イスマイル　何してるんだ？
クリム　焼かれるのはいいけど、膀胱がパンパンじゃたまらん。
イスマイル　見て。袋だ。紐がかかってる。
クリム　触るな。爆弾だ。
イスマイル　名札がついてる。
クリム　触るな。罠だ。
イスマイル　ちがう、見ろ。ほどけてる。
クリム　気をつけろ。死ぬぞ。
イスマイル　男の上着だ。ゲッ、
　血だらけだ。
クリム　バカ、触るな。
イスマイル　肩だ。
クリム　えっ？
イスマイル　上着のなかに、肩みたいな、何だろう？　人か？
クリム　ほっとけ。いちいち調べるな。

イスマイル　頭がない、腕もない。上着の中に人間の胴体。ポケットに封筒がある。開けてみようか？
クリム　気違い、分からないのかよ。切手の裏に爆弾があるぞ。
イスマイル　領収書か。宛名は、ウチの隣に住んでる男だ。
クリム　もういいからって。いい加減にしろよ。
イスマイル　ああ、もらしちゃった。びしょびしょだ。
クリム　だろうな。
イスマイル　だろうって？
クリム　恐ろしいもんな。こっち来いって。
イスマイル　どうしよう、この袋？
クリム　俺たちにゃ関係ない。来いって。

（二人は廃墟の上に無言でよじ登る。イスマイルは壊れた箱の中から絵葉書を一そろい取り出す）

イスマイル　見たかよ？
「ホテル・フェニキア」、「プール」、「スタジアム」、「ヨットハーバー」。
クリム　きれいな街だったんだな、昔は。
イスマイル　ああ。じいさんばあさんしか覚えてないよ。
クリム　だな。三十にはなってないとな。

イスマイル　ぼくらには無理か。

（二人とも笑う）

クリム　ショーウインドって見たことあるか？　本物だぜ、中にお土産とか置物とか入って、ガラスがはまってて、ガラスも全部本物だぜ。

イスマイル　いいや、あるわけないだろ。

クリム　俺たち、ここで何待ってるんだ？

イスマイル　何も。見晴らしがいいな。静けさがほしけりゃ、一番高いところを探すんだな。

クリム　どうして？　落ちるとき、一番下まで落ちようってか？

（二人とも笑う）

イスマイル　上から狙撃されないようにな。タバコ、あるか？

クリム　笑わせんなよ。町じゅう探し回ってようやくガスボンベが手に入るんだ。タバコなんか、砂漠じゅう走り回らなきゃ。

イスマイル　これを見ろ、「グランドホテル全景」。

クリム　きれいだな。きれいだったんだなあ。

イスマイル　ああ。ほら、赤いバスだ。黄色いのもある。

クリム　どうして赤いんだろ、どう思う？
イスマイル　知るかよ。
クリム　じゃあ、黄色いのは？
イスマイル　バスって、人が乗ったんだろ。
クリム　人がいた時は、乗ったんだ。
イスマイル　ああ。さあ、どうしよう。何を待ってるんだ？　何が起きるんだ？
　腹へったな。
クリム　待つんだ。
イスマイル　何を？　待つって。
クリム　何もかもを待つんだ。ここじゃあ一秒あったら何でも起こる。泥からだって火の手が上がる。
　おい、動くな。誰かが道を通る。
イスマイル　女の人だ。おばあさんだ。
クリム　男だろうと女だろうと、用心しろ。
イスマイル　そんな、水を汲みに来たんだよ。
クリム　どうして分かる？
イスマイル　桶を持ってる。
クリム　桶に何か隠してる。動くな。伏せてろ。
イスマイル　水を汲みに来たんだってば。おばあさんじゃないか。

クリム　それが？　ばあさんだろうがなかろうが、危険だ。
イスマイル　おかしいよ。ここには味方しかいないんだから。あっちの人間なわけないよ。
クリム　どうして分かる？
イスマイル　やだな。おばあさんはそんな危ないことしないって。
クリム　それが間違いさ。思い込みだ。思い込みで判断しちゃいけない。敵は侵入してるんだぞ。
イスマイル　何してんだよ。狂ったのか？　何するんだよ？
クリム　こっちを見た。俺たちに気づいたぞ。銃身が太陽に光ればそれで分かる。
イスマイル　危険じゃないって。武器なんか持ってないってば。このへんのおばあさんだよ。やめなよ。
クリム　桶に手榴弾が入ってるんだ。やられるぞ！
イスマイル　水を汲みに行くおばあさんだって。
クリム　何が分かる？
イスマイル　じゃあ、お前には何が分かるんだ？
クリム　疑わしいときは疑わしい。

（クリムは銃を構える）

イスマイル　やめなよ。分からないじゃないか。落ち着きなって。おばあさんが、
クリム　水を汲みに、か。ああ。でも、分からないときは分からないんだ。分かるまでじっとし

てたら、こっちが死ぬぞ。

イスマイル おかしいよ。やめてってば。

クリム ここは戦闘地域だ。あれはスパイだ。

イスマイル 何するんだ？ やめろ。撃つなって。やめろよ。

（クリムが撃つ）

クリム 足に当たった。クソ。叫んでる。
クソ、黙らせてやる。

イスマイル ダメだって。やめてよ。あの人、何もしてないじゃないか。このへんの人だよ。やめてよ。水を汲みに来たんだよ。おばあさんじゃないか。やめてよ。ダメだって。やめてよ。

（クリムが再び撃つ）

クリム 命中だ。しとめたぞ。

イスマイル クズ！ 卑怯者！ 水を汲みに来たんじゃないかよ。

クリム あいつはスパイだ。

イスマイル 嘘つき！

（老婆は倒れて死ぬ。それから起き上がって話す）

老婆　わたしにはもう、何がなんだか。
ちょっと物音がしただけで飛び上がっちまうけどね、
でも体だけは丈夫でね、ありがたいことですよ。
おや、血だね。ああ、これでもうゆっくり水汲みもできなくなったね。
なんて世の中に生きてるんだろうね？
物事に対する敬意なんかありゃしない。
みんなが他人にちょっかい出すから、もうグチャグチャさ。
昨日は娼婦が缶詰の協同組合を作ったんだとさ、
それでも缶詰ってしろものかどうだか。
野菜を探しに街じゅう走り回る。
それでも野菜ってしろものかどうだか。
街じゅう走ってやっと見つけたら、闇市さ。
でも、闇市ってのはやっぱり闇市だね、
ほかより十倍も値段が高い。
古いカテドラルで、回廊の敷石のすきまに生えてる草を引っこ抜いてる男が居たよ、
どうもお祈りの言葉はカトリックじゃなかったね。

なんて時代に生きてるんだろうね。
何もかも煙って赤いよ。煙はだんだん濃くなっていく。
もうじき片っ端から爆発。一巻のおわり。
血が出てるね、いやだねえ。
包帯なんか使うのはバカさ。
健康でいられました、神様に感謝。

（倒れて死ぬ）

イスマイル　人殺し！
クリム　お前になんかできるもんか。

（二人とも走り去る）

第5景

（老紳士と老婦人）

（プロローグの終わりに登場した、きわめて上品な老夫婦。老婦人は白い日傘をさしている。服と日傘には血のしみが飛び跳ねている。二人は動かない。建物の残骸のなかで明らかに死んでいる。しばらくして、二人は目を開けて話し出す）

老紳士　君の後姿を見た。出会いはそれで十分だった。

老婦人　またそんなお話をなさって。

老紳士　あの日、私は何もすることがなかった。ただ、恋に落ちてみたかった。そして私は君の後姿を見た。美人じゃなかったらがっかりだと思った。君が振り向いた。きれいだった。もう君を愛していた。もう一度見たいな、ヴェニスを。

老婦人　ヴェニスねえ、そんな昔話、おかしいですわ。

老紳士　ヴェニス、ニューヨーク、パリ……。

老婦人　もう全部、おしまいです。あっちの世界のことですもの。そんな町の名前なんか。

老紳士　最初の日、君はやさしく私の髪を、シャワーで洗ってくれた。それから、動物園に行ったっけ。ライオン、トラ、ゾウ、サル。

老婦人　やめてくださいな、そんな思い出ばっかり、どうなさったの？　つらくなりますわ。

老紳士　いいや、楽しいじゃないか。今でもずっと、君を愛してるよ。

老婦人　それもおっしゃらないで。それより、私は思い出したいの、あれがどんなふうに起こったか。

老紳士　二人でテラスに座っていた。

老婦人　はい。飛行機が低く飛んできましたわ。大きな音をブンブンたてて。
老紳士　もう今じゃお目にかからない、古い複葉機だった。
老婦人　突然、裏のほうで音がしました。ポッ、ポッ、ポッ、ポッ、ポッ……
　飛行機が沼の上をゆっくり旋回して、地面すれすれに戻ってきました。
老紳士　そうだ。たて続けに紙袋を潰すような爆発音がして、たちまちあたりは火の海だ。
老婦人　気持ちのいい、八月の夕暮れでしたわね、まだ夕日が沈んでなくて。
老紳士　私たちには、とても自然な死だったよ。
老婦人　ええ。何ていうのかしら、ええ、自然でしたわ。テラスで、ボール遊びをしていたら、撃たれて。
老紳士　こんな混乱の時代に、静かに死ねるなんて特権というもんだ。さて、私ら、ここへ何をしに？
老婦人　あなた、死んでもちっともお変わりにならない。ほんとに物覚えが悪いんですから。若い人のお迎えに来たんですよ。
老紳士　誰も来てないじゃないか。
老婦人　ちょっと待ってましょ、まだ死んでないんですよ。
老紳士　時間厳守でないと困る。私らの頃は、死ぬ時間に遅刻するなんて、許されなかった。
老婦人　動物にも人間にも、死はやってくるんですよ、無意識のうちに。
老紳士　バイアのカンポ・サントは美しい丘の上に広がる町だ。町は海に面して階段のようになっている。上のほうの段には黒や薔薇色をした大理石の墓石が立っている。砂糖成金や社交界相手の医者、カカオやコーヒー農園の地主たちの墓だ。丘の下のほうには、普通の勤め人の墓だ。亡骸の上に普通の石がのっかっている。もっと下のほうには、何の飾りもない藪だらけの溝のなかに黒人労働者が葬られている。時々つるはしで掘り返されては、骨は手押し車で運ばれて、焼かれて捨てられ、風の中に塵と消える。

老婦人　お金持ちには家があっても、貧乏人は旅から旅ですわね。

（幸せそうに手を取り合って、廃墟のなかをちょこちょこ歩いて消えていく）

第6景

（イスマイルとベラ）

（ベラがイスマイルを銃で脅して連れて来る）

ベラ　気をつけな。銃があるのよ。動くんじゃないわ。

イスマイル　どうする気だよ？

ベラ　あんたでしょ、あのおばあさんを撃ったの。

イスマイル　ちがうよ。

ベラ　じゃあ誰よ？
イスマイル　聞いてどうすんだよ？
ベラ　答えて。
イスマイル　知らないよ。
ベラ　嘘。いいわ、あのおばあさんは死んだ、以上、終わり。
イスマイル　知り合いかよ？
ベラ　あんたに関係ないでしょ。
イスマイル　おふくろだったのかよ？
ベラ　母は爆撃で死んだわ。
イスマイル　じゃあ、おばあちゃん？
ベラ　ガス室で死んだわ。
イスマイル　悪かったね。
ベラ　いいわよ。
イスマイル　銃、置けよ。重いだろ。
ベラ　余計なこと言わないで。銃の撃ち方は四つのときにお父さんから習ったわ。幼稚園に装甲車でお迎えに来てくれたのよ。髪に葉っぱをまいてカムフラージュするのも教わったわ。丘の上を見つからないように通るのも教わった。私、パパのヒロインだったんだから。
イスマイル　娘としちゃそれも悪くないな。

ベラ　どうでもいいわ。大事なのはね、射撃の得点と反応速度。以上、終わり。
イスマイル　気に入ったな。
ベラ　気をつけるのね。ナンパしてる場合じゃないのよ。銃の先があんたのほう向いてること、お忘れになっちゃいけないわよ。
イスマイル　忘れちゃいないよ。でもさ、やっぱりかわいいな、君。
ベラ　そうかもね。そんな場合じゃないでしょ。
イスマイル　じゃ、どんな場合？
ベラ　勝手にすぐ忘れるんだから。誰なの、おばあさんを撃ったの？　あんたの仲間？　そう。どこに居るの？
イスマイル　さあねえ。すぐ逃げてったからね。
ベラ　ほら、ひっかかった。白状したわね。水汲みのおばあさんを撃つもんじゃないわ。
イスマイル　僕もそう言ったんだってば。
ベラ　ああそう。そう言ったの。そんなこと明日までほざいてたって信じないからね。
イスマイル　本当だってば。
ベラ　やめてよ。嬉しいじゃない。あんた、向こうの人間ね。そんな風には見えないけど。
イスマイル　見かけの問題かよ？
ベラ　どうもそんな風に見えないわね。
イスマイル　で、君は？
ベラ　あんたに関係ないでしょ。でも、知りたいならしょうがないわ。この町を取り戻したとき、私は子供、五歳だった。壁にキスしたわ。小さかったけど覚えてる。大勢の人が壁に登ってたわ。石の隙間に茨の茂みが生えてたの。私、パラシュート隊員の人と並んで歩いたの。「どんな気持ち?」って聞いたら、「気持ち? そうねえ、九百年ぶりに我が家へ帰った気持ち」だって。

やだ、私、なんでこんな馬鹿な話。

イスマイル　話しなよ。戦ってるばかりが能じゃないぜ。

ベラ　あんたもけっこう、かわいい顔してるわ。

イスマイル　女の子がそんなこと言っちゃいけないな。

ベラ　あんたムカツクわね、そう言われたことない?

イスマイル　そんな話をしに来たんじゃないぜ。

ベラ　ここじゃ銃を持ってる人間が話題を決めるの。銃は私。あんた、銃も持たないでうろうろしてたの? こんなところでピクニック?

イスマイル　戦うには僕はまだ若すぎる。

ベラ　いくつなの?

イスマイル　えっ?

ベラ　聞こえないの? 何歳?

イスマイル　十七。

ベラ　どう見ても十五ってとこね。

イスマイル　銃があるからって、なめんじゃねえよ。

ベラ　私がいつあんたをなめた？　十五って言っただけじゃない。
イスマイル　自分のほうが強いと思ってやがる。
ベラ　ゴタクならべてりゃ、私が銃を手放すとでも思ってるの？
イスマイル　この議論、五分五分じゃないんだぜ。
ベラ　そんなことないわよ。
イスマイル　だったら、年なんて個人的なこと聞くんじゃないよ。
ベラ　あら、プライドがお高くていらっしゃるのね。
イスマイル　捕虜の人権は尊重してほしいね。

（ベラが笑いをこらえる）

ベラ　英雄気取りはやめてちょうだい。英雄なんか私、大嫌い。英雄なんか死んじゃえばいいんだわ。
イスマイル　似合わないな、銃を持って、そんな宝石つけてちゃ。
ベラ　捕虜は個人的見解を表明するべきじゃないわ。いいじゃない、したいからしてるの。宝石、マスカラ、銃。私みたいなガリガリの骸骨と誰が寝たがるもんか、ってお父さんは言ってたけど、いたのよ、骸骨のファンが。長くは続かなかったけどね。
イスマイル　どうして続かなかったの？
ベラ　あんたに関係ないわ。

イスマイル　どうしろっていうんだよ?
ベラ　話をしてるのよ。いやなの?
イスマイル　話をするのはいいけど、でも、話すんだったらさ、その銃、置こうよ。
ベラ　ひっかけようったって、十年早いわよ。
イスマイル　べつに、ひっかけようなんて。
ベラ　そう見えたわ。
イスマイル　こっちには武器がないんだ、そんなに警戒しなくてもいいじゃない。
ベラ　警戒心は身にしみついてるの。玄関先に落ちてた鞄のなかから従兄弟の首が出てきたのよ。私の家族と、あっち側の家族とはね、ずうっと撃ち合ってばっかりなんだからね。おじいさんも、お父さんも、おじさんも、私が生まれる前からずうっとそうなんだからね。分かるでしょ。で、あんたは?
イスマイル　僕はひょっこりここに来たんだよ。
ベラ　バカ言ってんじゃないわよ。誰がポケットに手榴弾入れて、このへんひょっこり歩いてるのよ?
イスマイル　ポケットに手榴弾なんか。
ベラ　分からないわよ。あんたが銃を持ってたら、即、あんたを撃ち殺してたわ。おばあさんの仇《かたき》だから。
イスマイル　君、名前は?
ベラ　聞いてどうすんのよ?　ベラよ。あんたは?

イスマイル　イスマイル。
ベラ　覚えにくい名前ね。
イスマイル　また会いたいな。
ベラ　それはいいわね。三十年経って平和になったら、合コンぐらいしてあげるわよ。でも、言っとくけど、皺くちゃよ、私たち。
イスマイル　バカ言ってら。
ベラ　忠告よ。ここから消えなさい。あんたが来るような場所じゃないわ。
イスマイル　君だってそうさ。こんなとこ、ネズミの巣じゃないか。また会えるかな？
ベラ　会えるわよ。死人の世界には国境はないと思うから。
イスマイル　待ってよ！

（ベラが消え去る。イスマイルはベラを走って追いかける）

第7景

（ザック、老紳士、老婦人）

（アメリカンＧＩルックの死人が登場。戦闘服には瓦礫と白い粉と血がこびりついている。これがザックだ）

ザック　言わなきゃよかったぜ、墓場だなんて。

なんせ、その瞬間さ。

悪魔の雄たけび、大混乱。

四方の壁が崩れてきやがった。

で、いちころよ。

戦場が一望できるホテル。

いかがわしい安ホテルよ。

もう十五年も俺はそういうところをうろうろしてんだ。

違う大陸に行ったって、ズールー族のとこへ行ったたって、サル公たちのとこへ行ったたって、どこだって一緒さ。

扇風機は故障してやがるし、
ヤシの木は枯れかかってる、
ガキどもは葬儀屋みたいに陰気な顔してやがる。

絨毯は梅毒にかかってら。スパイ連中はまぬけ面。

人が屁をこきゃ、そのたんびにメモしてやがる。

電話しながらゲップすりゃあメモだ。

昨日はパーキングで車が爆発しやがった。

黒んぼホテルのあのトーストときたら、

アルミニウムか、ありゃ。

奴とはでっけえ取引があったんだよ。

フランス製の戦車を十台、四百万ドルでＯＫさ。

七十五ミリの弾丸が三千三百発、それに戦車をもう二十五台。

八百七十五万ドルだ。

そこからちょうど五メートル、舌の先が尖がってるんで「トカゲ」って渾名の情報屋ナンバー・ワンが、前のめりになって聞き耳をたてやがった。つんのめって椅子から転げ落ちないかと、俺は期待してたんだ。

クソと汚物と戦争のなかで、
俺たちの血を吸うちんけな虱どもめ、クソ痒いじゃねえか。

へっ、ここのパジャマを着てても無駄かい。俺のボサボサの赤毛が目立っちまうか。

で、奴はその金額でＯＫ。

政治危機が収まったらもっと注文がある、だとよ。

俺は言ったぜ、おめえらは和平を結ぶようなバカか、とな。

分かるだろうに、とてつもない儲けだぞ。

イタリア人は装甲車のエンジン製造、
ノルウェー人はダイナマイトの在庫放出、
ドイツ人は農業化学製品とかいうやつ、
スイス人は飛行機ピラトス、

中国人はミサイル、フランス人は戦車。
ロシアとアメリカの連中のことは言わないでおくよ。
こんな市場《しじょう》にストップをかける気かよ?
年商百億ドルだぜ。
あんた、殺す気かい、金の卵を産む鶏を。
政治家どもは停戦を、なんてほざいてるが、
ありゃあテレビでカッコつけてるだけよ、
ふざけたオカマの腰抜け野郎、
一票ほしさにケツをさし出す淫売どもだぜ、
だけど、戦争市場のストップだなんて、
そんな危険は冒しゃしない、
俺の未来は安泰よ、トゥモロー・マナナ・オー・ゴッド・オー・マイ・ゴッド!
人間の活動のなかで、戦争こそがいちばん明るい未来にあふれてるのよ。
そしたら、そのアラブ野郎が言いやがった、俺が起爆装置と圧力鍋の区別も知らないんだとよ。
そういうことをおっしゃいますか、と俺は言った。
アラブのクソ野郎と思ったぜ。
あんたこそ、わけのわからん連中をよこしやがって、
字も読めねえサルじゃねえか、あのベドゥインの連中は。

電気も配管もメカも分からん連中相手に、どうしろって言うんだ。

武器はエレクトロニクスなんだぜ。

らくだの背中からはうまいこと下りてきやがるがよ。

そいつが俺に言いやがった、お前さんは爆薬のエキスパートかい、それとも南京豆のエキスパートかい、だとよ。

俺は答えたぜ、本物の爆薬のプロってのはな、仕事中にてめえの面くらいふっ飛ばしたっていいって奴らだぜ。

奴は言った、お前さん、何でも吹っ飛ばしてくれるなら金を出そう、だとよ。

お前さん、実の母親だって吹っ飛ばせそうだからな。イチゴのジャムから爆弾を作れそうだな。

冗談言っちゃいけねえぜ、イチゴじゃ無理さ。

お前さん、切手の裏に爆薬仕込めるんだろ？

さあ、どうだか？

そのアラブの馬鹿野郎に俺は、クソたれ、と言ってやりたかった。

でもここが我慢だ。奴のモロッコ上着はドル札で縫ってあるじゃねえか。

俺は言ったぜ、コーランの最新版からじゃ四万リットルの爆薬は作れない、とな。

コーランと聞いたらアラブ野郎、ムッとしやがった。

必要なものは用意するからリストを作れ、と言いやがった。

なんならアメリカからでも北極からでも、特別機を飛ばしてよこそうか、だとよ。

話はもうひとつある、と俺は言った。

あのベドウィン連中じゃどうにもならねえ。

爆薬を、バナナの箱みたいに扱かわれちゃな。

爆薬相手にちょっとでもしくじってみろ、墓場へまっしぐらだぞ。

そこだ、言わなきゃよかったんだ、墓場だなんて。

なんせ、その瞬間さ。

悪魔の雄たけび、大混乱。四方の壁が崩れてきやがった。

で、いちころよ。

石の雪崩に砂埃の雲。

口の穴からケツの穴まで埋まっちまったぜ。

アタッシュケースかかえて安物香水つけてるアラブ人と、俺と、らくだからうまいこと下りてくるサルの群れと、
みんな口の中を砂埃でいっぱいにしてぶっ飛んだんだ。

クソっ、アラーの神の天国も、この世とたいして変わらねえじゃねえか。

クソっ、キンタマに金メッキできるくらいの契約の前の日に死んじまうとは大馬鹿だぜ。

またくだらねえところかい、
ここでもしょうこりもなく戦争かい。もういい加減にしてくれ。

俺は死んだんだ。世界が変わったっていいじゃないか。女はいないのか。天使のベリーダンスでも見せてくれよ。音楽だ。緑豊かなふつうの世界を！　クソっ！

（ザックは倒れる。老紳士と老婦人が再びやってくる）

老紳士　おお、居た居た。遅刻だよ。あの世の門出がこれじゃあな。そりゃあ、いつ、いずこでかは何人《なんぴと》もあずかり知らぬ、とは書いてあるが、しかし遅刻だけは困る。

老婦人　いいじゃありませんか。ほら、聞こえてないんですよ。

老紳士　無理もない。ショック状態だからな。まだ死んでるのに慣れてないし。

ザック　何だ？　どうしたんだ？

老婦人　さあ、幕ですよ。道化芝居はお終い。

ザック　えっ？

老紳士　あなたは今、お亡くなりです。

老婦人　ご不幸、ご他界、ご臨終。

老紳士　ご逝去、ご帰幽。

老婦人　ご愁傷さま。

（二人はケラケラ笑う）

ザック　俺はどこに居るんだ？

老婦人　モグラの王国。

老紳士　あなたにピッタリの棺桶をお誂えいたします。
老婦人　おや、この人、未練たっぷりだねえ。
　言うじゃありませんか、老いた鳥ほど羽が抜けないって。
ザック　ここはどこだ？
老婦人　誰もあなたの代わりになろうとは思わないところ。
老紳士　あるいは、もう居ない場所に居るというか。

（二人とも笑う）

ザック　二人とも薄気味悪いな。
老婦人　死を怖れても死は消えない。
老紳士　おかしなもんだ。生きることを学んでるつもりでも、死ぬことを学んでるのだからな。

（二人は死者を引きずり始める）

老婦人　あなた、二十歳の頃、誰とイギリスに旅行なさったの？
老紳士　一人でだよ。もう何度も何度もそう言ってるじゃないか。
老婦人　確かに私は単純な女ですわ。でも、だからって……、
老紳士　たとえば？

老婦人　イギリスのこと。いつも嘘をおっしゃって。二十歳の頃、彼女とイギリス旅行をしたって、おっしゃるのがそんなに難しいんですか？

（死者を引きずりながら退場する）

第8景

（クリム、イスマイル。ベラ、ヨナタン）

（二つの場面が同時進行する）

（ベラとヨナタンが廃墟の中、黙って野戦訓練中）

ベラ　カートリッジ抜いて。何ボーっとこっち見てんのよ？　しょうがないわねえ。

ヨナタン　こう？

ベラ　そう。これが銃尾カバー。こうやって外して。慎重にやるのよ。何にも覚えてないんだから。

ヨナタン　ああ。

ベラ　一、カートリッジ。二、銃尾カバー。三、遊底、銃尾台。そう……、ちがう。ああ、ほんとにガキなんだから。四キロあるのよ。毎分百発。弾は秒速七百十メートル、三十発入りよ。

ヨナタン　ああ。

ベラ　気をつけて。それ、押しちゃダメ。気をつけて。おもちゃじゃないのよ。

（クリムとイスマイルは廃墟のなかのドラム缶に座っている）

クリム　マリファナ、欲しいか？

イスマイル　いらないよ。

クリム　やってみなきゃ。マリファナやって、羽目はずして、ラジオで踊ってみなよ。ラリッたら車の略奪だ、殺したい奴を撃ち殺す。王様だ、ランボーだ、スーパーマンだ。それが戦争、カッコいいじゃないか。このカラシちゃんを抱きしめると、ブルッとくる。一発撃ったらイカレちまう。

愛してるよ。一生、お前なしにはいられない。
こいつが火を噴けば
頭のてっぺんから足の先まで
震えがくるぜ。
カッ、カッ、カッ、カッ、カッ、カッ、カッ。
悪魔ってのは人間のなかにはいないんだ。
マシーンのなかにいるんだ。
やるよ、
お前にやるって。
お前のはじめてのカラシニコフ。

イスマイル　いらないって。

クリム　こいつ、狂ってら。誰だってこいつは必要なんだぜ。

ベラ　あっちの壁の上、あそこがいいわ。

クリム　戦争ほどイカスもんはねえな。女だってこれほどじゃない。
俺は沈黙が怖いんだ。
ねんじゅうドンパチ鳴ってないと、ひでえ下痢するんだ。
仲間の連中もそうだってよ。

ベラ　オイルが詰まりやすいけど、けっこういけるわ。三百メートルまでは狂いがないわ。

クリム　想像してみろよ、お前のヘルメット姿。戦闘服、迫撃砲、双眼鏡、そしてお前のカラシニコフ。

ヨナタン　僕が撃つの？　どうして？

ベラ　タダで境界線を越えてきたと思ってるの？　あのゼロ・ゾーン、命がけで越えてきたんだからね。一人や二人、殺さないと。

ヨナタン　どうして僕がやるの？

ベラ　ふざけんじゃないよ。あんた、あっちから来た人間なんだからね。仲間だって証拠を見せてもらわないと。モグリも多いんだよ。あんたがやるんだ、さもないと、私があんたをやるからね。何考えてんだい？　お遊戯のつもりかい？

イスマイル　僕はまだ子供だしさ。

クリム　お前が仲間じゃなかったら、びびってるって思うところだぜ。おい、あいつら、年いくつだと思う？

ベラ　カートリッジ、いい？　安全装置。あわてちゃダメ。はじめはつらいけど、二度目からはワケないからね。

イスマイル　はじめてその戦闘服見たとき、おふくろさん何て言った？

クリム　どこの母親も一緒さ。十二のときだった。俺はチンポコよりもカラシのほうがうまく使えたぜ。おふくろは俺にビンタだ。「脱ぎな、仮装行列じゃないんだよ」。俺は答えた、「その通り、これは戦争さ」。またビンタだ。「戦争なんて大人がやるもんだよ。お前、まだ十二じゃないか」。「だからそれまで訓練さ」。またビンタ。おふくろは言ったさ、「いっぺん始めちまったらもう終わりはないんだよ」。

ヨナタン　もしもあいつらが味方だったら？　もしも僕たちみたいに境界線を越えて来てたら？

ベラ　もしも、もしも、って、何モタモタしてんの。構えな。覚えとくんだね、考えるより先に撃つ。さもなきゃ、こっちが死んでるよ。

クリム　戦うのにヒゲが生えるの待ってたら、その前にこっちがみんな死んでるよ。またビンタされそうになったから、俺は窓に向かって一発、撃ってやった。今じゃ俺が夜、家へ帰るとおふくろは飛び上がって喜ぶよ。

ベラ　クールに、クールに、テクニックよ。一人に照準を合わせて。狙いを定めて。考えちゃダメよ。

ヨナタン　できないよ。

クリム　戦いなんて単純さ。第一に、死ぬのはお前か相手だ。第二に、怪しい人影を見たら撃て。

イスマイル　それが友だちだったら？

クリム　敵に撃たれるより、友を撃て。

イスマイル　狂ってる。僕にはそんなこと。

ベラ　震えちゃダメ。どうしたの？

ヨナタン　一人は僕の友だちだ。イスマイルだ、イスマイルは

ベラ　撃てない。幼馴染の親友なんだ。
ヨナタン　じゃあ、もう片っぽね。そっちも知り合い？
ベラ　もう震えて、できないよ。
　深呼吸よ。静かに、静かに。テクニックよ。
　優秀な殺し屋はテクニシャンなのよ。

クリム　酒飲んで大騒ぎやりてえなあ。
イスマイル　いっぱい食って。
クリム　しこたま食ってな。で、絹のシーツで女と寝てよ。
イスマイル　本物のドレス着た女と。
クリム　乱痴気騒ぎだぜ。

（二人は小さくロックの真似をして踊る）

ベラ　臆病者のモグリに用はないわ。自分でもそう思わない？

クリム　足が疲れた。
　頭がクラクラだ。

もう踊れない。

ベラ　今よ！　撃って！

（ヨナタンが撃つ）

やったわ、やったわ。

ヨナタン　僕が何を？

ベラ　やったじゃない、素質あるじゃない。

ヨナタン　僕じゃない、僕、何もしてない。たまたまだよ。僕が引き金をひいたら、あいつが倒れて。たまたまだよ。

イスマイル　クリム、クリム、返事しろ、クリム、クリム、クリム、死ぬんじゃない、クリム、待ってな、大したことないから、病院行こう、手当してもらおう、車だ、早く、車だ、クリム、僕、ここにいるよ、僕を見て、目を開けて、クリム、車だ、死んじゃったの？
クリム、起きてよ、僕、ここにいるよ、

クリム、
死んじゃった。

（一人の通行人がイスマイルに近づく）

通行人　あんたかね、車って言ったのは？

イスマイル　あんた、そこに居たのか？　そこに居たのかよ？　車、あるんだな、じっと見てたんだな。十五分も見てたんだな？

（イスマイルはカラシニコフを手にとって通行人の腹部めがけて撃つ。通行人が倒れる）

イスマイル　クリム、はじめてやったよ。
こいつは、君へのプレゼントだ。
受け取ってくれ。
クリム、ちくしょう、ちくしょう。

（イスマイルはカラシニコフを投げ捨てて、クリムの遺骸にすがりつく。舞台の奥に老紳士と老婦人のシルエットが現れる）

第9景

（ベラとイスマイル、老紳士と老婦人）

ベラ　まだいたの？
イスマイル　また会えると思ってたよ。
ベラ　蚊みたいにつきまとってこないで。
イスマイル　友だちが死んだ。
ベラ　そりゃあるわよ。
イスマイル　ああ。
ベラ　私もそうだった。
イスマイル　ああ。
ベラ　ヨシフっていう男の子。
　ただの友だちじゃなかったのよ。そんな話もずいぶんしてないけど。
イスマイル　話してよ。
ベラ　何であんたに話すのよ。
イスマイル　だって、僕、友だちが死んだんだ。

ベラ　関係ないでしょ。でも、いいわ。話せっていうなら。
ヨシフが戦争に行ったとき、あんまり大騒ぎするのはよそうと思ったの。この国の女はみんなあんたと同じで、馬鹿なこと考えてたのよ、男たちはいつか帰ってくるって。ある日、絵葉書が届いたわ。あの人の字を見て私、すごく嬉しかった。でも、それっきり何にも。
あの人が人を殺してるなんて、信じられなかった。あんたは、殺したことある？
イスマイル　一人目は友だちのため、二人目は弟のため、三人目は父親のため、四人目は母親のため、あとはもう、数えてない。
ベラ　そう。何の話だっけ？
イスマイル　それっきり、
ベラ　私は毎日、手紙を書いた。返事は来なかった。ある金曜日だった。平服の男が二人、家に来た。私は手を口に入れて噛んだ。二月四日にあの人は死んだ。二日前に埋葬されてた。私は泣かなかった。一杯の水を手渡された。私の手の中で、コップが震えているのが見えた。
イスマイル　で？
ベラ　辛かったのはそれから。夜になって、知り合いの男の子に頼んだ、どこかに連れてって。家には居られなかった。街を歩いたわ。夜は外出禁止だったけど。私を抱いて、私に触って、って、言いたかった。でも、言えなかった。その子には分かってもらえないから。やめてよ、こんな話してるときに、じろじろ見ないでよ。

イスマイル　もう夜だね、君のことも見えないよ、続けて。
ベラ　幼馴染に会ったら、六年前にご主人が戦争で死んだんだって。私、喚きそうになった。私、心に誓ったの。その友だちみたいになるのは嫌だって。私、戦没者慰霊碑じゃないのよ。気が狂った女もいたわ。喪に服そうなんて、私、やめた。ドレス着て、お化粧して、宝石もつけたの。苦しみはこの胸の内、ほかの誰とも関係ないの。毎晩、自分が死ぬ夢を見るの。それが救いね。
イスマイル　ねえ、僕を抱きしめて。
ベラ　あなた、女性は初めてなの？
イスマイル　うん、初めてだ。
ベラ　おかしいわね、私って、いつも単純なことで悩んでるのに、解決しようって思ってるうちに複雑にしちゃうのよね。恋とか、愛とか、そういうこと。いいお薬をちょうだい、何もかも忘れさせてくれる。
イスマイル　わけないさ。僕にキスして。

（二人はキスをする）

ベラ　もう行って！
イスマイル　何だよ、僕、
ベラ　分かってるわ、どうしたいか。だから、行って！

イスマイル　女と寝たことないんだよ。弾丸なら何千発も撃った。でも、女とは、やってないんだよ。何もかも経験した、でも、まだ女とだけは、

ベラ　「それは寒い冬のことでした。ヤマアラシたちは暖まろうと思って、お互い体を寄せ合おうとしたのです。けれども、針のような硬い毛が、相手の体を刺してしまうのです。そこでヤマアラシは体を離し、寒さに震えているのでした」あっちの男とこっちの女の話よ。行って！　三つ数えたら撃つわよ。

イスマイル　やめてくれよ。

ベラ　イーチ。

イスマイル　勝手に撃てばいいだろ。

ベラ　ニー。

イスマイル　あばずれ！

ベラ　サン！

（イスマイルは走って退場。ベラは空中に向けて一発、撃つ。そして退場する）

（老紳士と老婦人が通りかかる）

老紳士　今度も若い人かい？

老婦人　だからどうだっておっしゃるんです？

業務命令を読んでればそれでいいんですよ。

三十五歳。子供は六人。職業技能資格、特になし。

老紳士　また孤児が増える。

老婦人　母親がいますから。

老紳士　また未亡人が増える。

老婦人　何だってそうそううまくはいきませんですよ。

老紳士　ま、しかし今度はきちんとした人だ。

時間通り、ぴったり。

第10景

（泥まみれの死人、老紳士、老婦人）

（頭のてっぺんから足の先まで泥だらけの死人が地面からゆっくりと立ち上がる。苦しそうでなかなか喋れない。まず、口の中に詰まった泥を吐き出して、目、鼻、耳に入った泥を拭い取る）

死人　サラム・アレイコム〔あなたに平和がありますように〕。

私は昨日、死にました。生き埋めです。私は砂漠で暮らしていました。ホッガーからチベスティまで、あちこち渡り歩いたのです。

テネレの砂嵐も父親と経験しました。

倅を袋に入れて埋葬したこともありました。袋には「ドイツ連邦共和国援助物資、小麦粉」と書いてありました。

倅の亡骸を抱えて幾日も幾日も、町を探して歩いたものです。

町には病院があって、奇跡を起こしてくれるとでも思ったのでしょう。ですが、倅はもう死んでいて、私の腕の中で干からびていきました。私はドイツの小麦粉の袋に倅をくるんでやって、名もない死者たちの眠るなかに埋めてやったのです。

スクラップの自動車のカム軸を立てて、墓の目印にしてやりました。砂漠には墓標になるような木がないのです。

砂漠では何もかもがひび割れます。地面にもひび、女の乳房も干上がってひび割れです。

そして道をさまよう大勢の人たち。

疫病です。

砂漠は生きているのだそうです。

一日に五キロずつ、大地を飲み込んで広がっているのだそうです。

死骸が道しるべのように、道端に転がるそんな場所から、私は抜け出したかったのです。

六人の子供をかかえて、金も稼がなければなりませんでした。

夜、小さな鞄を頭に載せて、

私はいくつもの国境を越えました。
私がどうしてここまで来たか。
人足として雇われたのです。
私はただの六人の子持ち。兵隊じゃありません。
戦争には関係ないのです。戦争のことなんか何にも分かりません。
私の問題じゃありません。人足の契約が切れ、
六ヶ月分の賃金をもらえるときになりました。警察がやってきました。どちらかを選べと言うのです。国外退去、一文無しで家へ帰るか、
あるいは、
もう三ヶ月、前線へ行って、
それから賃金をもらうかだ、と。金なしで帰るわけにはいきません。女房に放り出されてしまいます。
しかたなく私は前線に行って戦争をしました。
銃の持ち方だって知りません。
どこだか分からないところへ、トラックに乗せられて運ばれました。どこだろうと、どうでもいい、と言われました。ただ前へ向かって撃て、と。それだけでした。私の部隊は五十人でした。みんな、契約した分の賃金をもらうためでした。
電気修理工や配管工や人足です。

私たちはパスポートを取り上げられました。
そして、ある日、向こう側の捕虜になりました。
笑うばかりで全然、
信じてもらえないのです。私たちは成り行きで来たんで、
戦争のことなんか何にも知らないんだ、と言っても、賃金をもらうためにこうしている
んだと言っても、笑うばかりで全然、信じてもらえないのです。棍棒で叩かれ、
わき腹を蹴られ、
もうノック・アウト。折り重なるように全員、
うつぶせに倒れました。
ちょうどブルドーザーが砂利を積み上げて村を封鎖していました。
だから私たちがどうされるのか、
見ていた人はいませんでした。
何秒かの間に、私はいろいろ思い出しました。
らくだ、ヤシの木、キャラバン、
トゥアレグ族の目、ホッガー、チベスティ、
フランスの歩兵隊に一人で立ち向かっていった祖父の姿。
砂漠の墓。
私の墓には、車のカム軸さえ立ててもらえないのです。
ブルドーザーがこっちへ向かってきました。

砂という砂をどんどん私たちにかけてきます。

もうこれでおしまいだと思いました。

潰せ、潰せ、と叫んでいる男がいました。

ブルドーザーがのしかかってきました。

叫んでいた者も、砂が口に詰まって、窒息して息絶えました。

逃げ出した者には装甲車のキャタピラが襲いかかりました。恐怖のあまり、立ちすくんだ者は、
土とまぶされ潰され、ひっくり返されました。

木の根っこを掘り返すのと一緒です。

他人から自分の領土を守るにはどうしたらいいのか、教わりました。土が上から降り注いできます。


（男は力尽きて倒れ、もう起き上がらない）

老紳士　この人は重くて起こせないね。
さあ、もうひとふんばり、自分で起きてもらえないかね。
死人　ここはどこだ？
老紳士　やだね、みんな同じことを言う。
老婦人　しかたありませんよ、仕事には毎日の繰り返しがつきものですから。

死人　私はどこに居るんだ？
老婦人　おやおや、また同じこと。モグラの王国、あなたにピッタリの棺桶を……
老紳士　おかしなもんだ。生きることを学んでるつもりでも、
老婦人　あなただって、それ、二度目ですわ。

（二人はどうにか死者をひっぱって退場する）

第11景

（イスマイル、ベラ）

ベラ　私の匂いに、くるまって。気持ちいいわ。
イスマイル　君の左の乳房と僕の右手、ぴったりだね。
ベラ　イスマイル、私、妊娠したの。
イスマイル　そんな場合じゃないだろ。
ベラ　場合もなにもないのよ。
私、家族が眠る墓地に行って、話してきたの。
どうか私に息子をください、って。

願いごと、かなえてくれたわ。

イスマイル　今日、一人殺してきた。

ベラ　そう、戦争なんて、やってる人だけでカタをつけてほしいわ。猫がネズミを食べるだけの話じゃない。私、猫でもネズミでもないわ。

イスマイル　やめてくれ、バカ。ろくなことにならないぞ。子供は堕せ。爆撃の真っ只中で子供が産めるか。お前の胸じゃミルクも出っこない。

ベラ　いやよ。
大きくなって息子が言うわ、
どうしちゃったの？　香水は、音楽は、リラの花は？　って。
昔は町中にリラの香りが広がってたのよ。
今は木一本、生えてない。
何て答えればいいの？

イスマイル　答えなくていい。子供は堕すんだ。

ベラ　あなた、やっぱり男ね。何にも分かってない。いや、男でもない。汚れたガキだわ。喜べるものがあるとしたら、私にはこのお腹しかないのよ。あなたは戦争がいつまでも続けばいいと思ってるんでしょ、ちがう？

イスマイル　黙っててくれたら嬉しいな。

ベラ　来ないで。

イスマイル　やりたいんだよ。

ベラ　やりたいから、やるのね。そんな目で私を見ないで。見られるの、好きじゃないの。

イスマイル　暗いところへ行こう、誰にも見られないように。

（二人は退場する）

第12景

（めんどりおっ母、海藻と灯油まみれの死人、老紳士、老婦人）

おっ母　あたしは種まきもできたし、畑だって耕せた。麦は芽が出てこなかったけどね。亭主は靴屋。革なら毛を剝いだり、肉を削いだり、樹の皮でタンニンを作るくらいは朝飯前。子供が十四人できたら、亭主のアレが使いものにならなくなった。そんときはがっかりしたね。
それまではホント、うまいこといったんだ。
男、男、女。男、男、女、って、
編み物でもしてるみたいなもんさ。

そうやって息子が十人、娘が四人。

おっぱいの出が途切れたことないんだよ。

村じゃ、あたしのあだ名はミルクおばさん。

そりゃ自慢だったね。

息子には修道士になってもらいたかったよ。

この世のお宝はみんな坊さんのものだ。かまども、畑も、圧搾機も、果樹園も、おまけに税金までがっぽり入る。お腹をでっぷり突き出して、修道院でオイル漬け。もっとも、息子のうち二人は残しといて、所帯を持ってもらいたかった。もちろん娘もみんな嫁に出すつもりだった。

そしたら亭主が死んだもんで、神の園ってところへ葬った。

教会のそばの貧乏墓場さ。

そこへ、あのエルサレムの気違い騒ぎ。

とんだ不幸が襲ったもんさ。息子の修道院も、娘の婿も水の泡。

だいたい子供の将来に期待かけるなんて、バカしちゃいけないよ。

あたしゃ歩いて、歩いて、歩きどおし。

海に出たらどうしようかと思ったよ。

でも、みんな言うんだよ、モーゼのときみたいに海が割れるから、その間を渡っていけば濡れないんだと。

ところがどうだい、こりゃホント、海は二つに割れやしない。

だからあたしは、海辺をぐるっと回らなきゃならなかったんだ。これじゃあ、きりがありゃしない。

エチエンヌは言ったね、これは神の与えたもうた試練なり、神が我らを愛したもう証拠であるぞ、って。

だとすりゃ、神様もずいぶん愛してくださったもんだね。

こっちはもう、八百年も歩きっぱなしなんだから。

へとへとになったロバは、背中に羽を一枚のっけただけで、
ヘタりこむって言うがね。

この道が果てるが先か、はたまたあたしが力尽きるのが先か。

もう靴もない、いや、足もないんだ。


（海藻と灯油まみれの死人が登場する。服はぐっしょり濡れている。顔は蒼ざめている）

死人　ミサイルにやられた。船は撃沈だ。
おっ母　また、わけのわからないのが始まったよ。
死人　アッという間だ。タンカーのどてっ腹に穴が開いたんだ。
船が教会の鐘みたいに音を立てて揺れたんだ。
スピーカーがうなった。何もかもひっくり返った。
機関室が火を噴いた。

みんな腹ばいに投げ出された。

消火装置は作動しなかった。

目鼻にしみる煙があたりに充満した。両手が痙攣し始めた。

俺たちはその漂流船にしがみついて何ヶ月も流された。

めまいがした。骨の髄まで痛みが襲った。

水の配給は毎日、二十人につきバケツ二杯。

異常に喉が渇いた。舌にひびが入った。

石油の匂いで息が苦しかった。

夜には何度も吐いた。俺たちは病気のネズミだ。

船内は温度が四十六度。それが昼も夜も続くんだ。

おっ母
どうしてもらいたいんだい？　あんた、名前は？

死人
名前なんかどうでもいい。俺はクズだ、ゴミだ。

俺は国ではアンタッチャブルと呼ばれてた。

俺はずっとボロをまとい、堆肥のなかで眠り、乞食やゲロや死骸と一緒に暮らしてきた。

俺たちの影が差すだけで、穢れになった。

俺たちの過ちはアンタッチャブルに生まれたことだ。

死んだ獣の皮だけが与えられたのさ。

そいつを切り取り、剝ぎ取り、生石灰を使って手で伸ばすんだ。

それから乾かし、縫い合わせてはまた乾かして靴にする。

生石灰をこねたおかげで、俺の体は焼けただれた。

母親は季節風が吹く晩、狂気に落ちた。

幾度も激しく自分を叩いて、
牛糞を髪に塗りたくり、
ケラケラ笑いだしたんだ。

死ぬまで笑い続けたんだ。

俺は歩いて出発した。人生まるごと腐っちまいそうだったからな。

俺は湾岸へ向かう船にしのびこんだ。

どこの湾岸かって？　みんながそう呼ぶ湾岸さ。

俺たちをやりやがったのは、レーダーにも映らないプラスチックのボートに乗ったガキだった自爆のカミカゼ・テロ。ガキもボートも、石油タンカーもろとも爆発だ。


（死人は硬くなる。老紳士が登場する）

老紳士　おしゃべりだねえ、この人は。
老婦人　（登場して）ほかの人たちにくらべたら、マシなほうですわ。
老紳士　この人の話だけは、聞くに値するな。
おっ母　チンプンカンプンだよ、ミサイル？　カミカゼ？
老婦人　あなた、どこへ行ってらしたの？　お仕事ですよ。

老紳士　君こそ遅刻じゃないか。
君だから言うがね、私は時々、こんな仕事、嫌でやめたくなる。
次から次へと死人ばっかり。同じことばっかりだ。
老婦人　仕事があるだけ幸せってもんじゃありませんの。
たいていの人は、退屈してるだけなんですから。

（死人を引きずって退場する）

第13景

（ベラ、イスマイル、老婦人、老紳士）

（ベラは臨月を迎えている）

イスマイル　映画みたいに、車に向けてぶっ放すのが最高だぜ。
猛スピードの車さ。走る棺桶のなかで、
あいつらがもがき苦しむ。
スゲエや。かげろうゆらめく灼熱の砂漠の真ん中でだぜ。

逃げ出せる車は十台に一台。
何丁もの銃が狙ってるんだ。運転手は右へ左へハンドルを切る。車はよろめくようにこっちへ来る。ファインダーに運転手をとらえる。狙いを定めて撃つ。命中だ。車は滑ってコンクリート・ブロックに激突。炎を上げて爆発だ。火だるまの亡霊がクモの子を散らすように走り出す。倒れる。ゲーム・オーバー。

ベラ　あんた、もう本物の殺し屋ね。最低だわ。

イスマイル　何とでも呼べばいい。

ベラ　心も頭もからっぽ。

イスマイル　そうでもないぜ、戦争でいろいろ教わった。

ベラ　何を?

イスマイル　自分の身を守ることだ。境界線の向こう側で女が洗濯物を乾している。それを撃つ。動くものはみんな敵だ。

（ベラが地面に唾を吐く）

ベラ　その顔に吐くのは勘弁してあげるわ。
あんた、たぶんお腹の子の父親だろうからね。

イスマイル　たぶん?

ベラ　何考えてんのよ?　ヨシフが死んでから、あの人を忘れるために何人もの男が必要だったの。
イスマイル　淫売めが！
ベラ　何とでも呼んだらいいわ。
イスマイル　出て行け！
ベラ　私が誰と寝ようといいじゃない。どっちにしろ、あんた、私のことなんか愛してないんだから。
イスマイル　愛してるさ。僕の寝た、たった一人の女だ。
ベラ　よく聞くのね、私が何の役にも立たない淫売だったら、そういう女を愛してる男もみんなバカだわ。
イスマイル　出て行け！
淫売！　撃つからな！
ベラ　撃ってごらんなさいよ。度胸あるとこ、見せてほしいわ。
イスマイル　できない。
ベラ　殺し屋もしぼんだってわけ。
イスマイル　お前と寝たい。
ベラ　分かってるの？　もう嫌。私の仲間の血を浴びすぎるほど浴びたあんたの肌なんか。
イスマイル　いつから、こんなムカつく女になったんだい？
ベラ　いつから、こんな酷い殺し屋になったのかしら？
イスマイル　戦争さ、僕が悪いんじゃ、

ベラ　あんたの友だちを撃った敵の前でも、そう言える？
イスマイル　何が言いたいんだよ？
ベラ　覚えてるでしょ、クリムがやられた日のこと。
イスマイル　ボケちゃいないよ、覚えてる。
ベラ　クリムがやられたのは、このあたり。M16の弾丸ね。
イスマイル　何が言いたいんだよ？
ベラ　その直後、あんたは車を出すのにもたついてた男を殺した。
イスマイル　どうして知ってるんだ？
ベラ　居たからよ。全部見せてもらったわ。
イスマイル　分かったぜ、お前がそこで何をしてたか。
ベラ　そうよ、一部始終見せてもらっただけじゃないわ。ある人といっしょだったの。その人に味方だっていう証拠を見せてもらう必要があったの。あんたの町から来た人よ。クリムを撃つように仕向けたのは私なの。
イスマイル　嘘だ。
ベラ　本当よ。その人、あなたの親友のヨナタン。

（イスマイルはベラを撃つ。ベラが倒れる。ベラは血まみれである。死んだベラが起き上がる）

ベラ　砕け散った顔のかけら、くっつけたいわ。

集めてみる、ほら、元どおり。

でも、本当はひび割れてる、もうないの。

もう、私の顔じゃないの、顔はなくしたの。死んだんだもの。

ガソリンも、電気も、郵便も、飛行機も、汽車もなかった人生。五世紀も前に戻ったような暮らし。

でも、この九ヶ月、
私はその流れに逆らって進んできた。私のお腹で時間を計ってきた。バカだわ、私って本当にバカ。

準備できてたのにね、お前。

お腹のなかで、ちゃんと頭も向けて。

私の頭のなかは真夏のようだった。

全然女らしい女じゃなかったけど、
私、お腹がふくらんできたら感じたの、
自分はいちばん女らしい女だ、って。バカね。

私がつくったお前、そこに居るのね。

そこにじっとしてなさい、そこがいちばん安全だから。

夜な夜な戦争で眠れない男たちが、
裸になって私にのしかかってきた。

準備できてたのにね、お前。でも、もうお終い。

痛いわ、お腹の下のあそこが広がっていく。
感じてたのよ、お別れの時が来た、って。
頭の中が真っ白になった、
鉄のカーテンが私の頭を切り裂いた、
飛行機のプロペラが霧を刻むような音を、脳味噌が立てる。
私とお前と、離れ離れになるんだわ。
お乳が溜まってくる。
破水が始まるところだった。
出てきてほしかった。
木の皮にナイフでつけるような、
小さな傷跡を、私のなかに残してほしかった。
もう動かない、もう動かないわ。
でも、手遅れじゃないわ。
お願い、がんばって。
私が死んでもまだ何分かは生きているはずよ。
手遅れじゃないわ。
死んだ女からも赤ん坊は産まれてくるのよ。
私を二つに裂いて、
私のお腹を二つに開いて、

出てきて、
お願い、
私の死骸のなかで、この子を腐らせないで。

（ベラが力尽きて倒れて、動かなくなる）

イスマイル　ベラ！

老紳士　ああ、もったいないねえ。もう一時間で産まれたのにな。
老婦人　そりゃ待てない事情があったんですよ。それに、この子、こっちにいたほうが幸せですって。
老紳士　しかし、ヴェニスを見ずに死ぬとはな。
老婦人　またそんな、いい加減な哲学。私は旅行が大好きでしたのに、あなたがスーツケースを見ると鳥肌が立つっておっしゃるものですから。世界中を旅行できましたのに。
老紳士　君が嫌だと言ったんじゃないかね。ヘビやクモやネズミやネコや、医者や歯医者や血が怖い、って。
老婦人　アフリカの、未開の奥地へ行って穴居人を見たり、ピグミー族を見たり、
老紳士　そんなもの、今どきいないさ。

老婦人　らくだに乗って一日中、西をめざして進んだり、竹で編んだ小屋のなかでゴザをしいて寝たり、蚊の大群をかいくぐり、ライオンが吼えるのを聞きながら、土が耐えられない匂いを発するなかを、沼地を歩いたり、熱帯の激しい雨に傘をダメにしたり……

老紳士　湿気にも、防虫剤の匂いにも耐えられないくせに。

老婦人　宇宙旅行にも行きたかったですわ。太陽や惑星や、銀河や星を間近に見て。

老紳士　月にカテドラルが建つ日はいつくるんでしょうね？

老婦人　月には興味があっても、私には興味がないんだね。

老紳士　比べてどうこう言えませんわ。

老婦人　手をかしておくれ。

老紳士　大人なんですから、一人で歩けるでしょ。

老婦人　放さないでくれ。急がないでおくれ。空の青さが耐えられない。この騒音にも耐えられない。地平線は……

老紳士　たいしたことありませんわ。どうせゲリラが何かを燃やしたんでしょ。

老婦人　待ってくれ。

老紳士　急いでくださいよ。そんなにのろのろ歩かれたら、こっちが疲れちゃいます。

（老婦人は退場する）

老紳士　どこに居るんだい？

手を放さないでおくれ。

そんなに急いでどこへ行っちゃったんだい？　走らなくてもいいじゃないか。時間はたっぷりあるんだから。しっかりつかまえておけばよかった。君は一人で怖くないのかい？

私は自分の名前を忘れてしまったよ。

でも、じきに思い出すさ。記憶をなくしてしまったわけじゃない。その証拠に、覚えてる。君と初めて寝た晩のことだ。君にずいぶん引っ掻かれたものさ。

でも、一人で思い出したってどうなるんだ？

もうすっかり夜だ。

初めての晩も、次の晩も、それからの晩のことも覚えてる。どこに居るんだい？

私が君を忘れてしまったら、君だって嫌だろ？

手を放さないでおくれ。

また人生のやり直しか。すっかりやり直すんだ。世界は毎朝、新しくなるんだ。女を買いに行こう、そうだ女だ。姦淫の罪を犯すんだ。

あれは、太陽か？　火事か？

もうすぐゴミ集めが来るだろう。

君が居ないと、世界は死だ。

また君を見つけるよ。時間ならたっぷりある。

私たちが死んでから、幾度も幾度も新しい木の葉は生まれ、子猫は産まれ、それがまた子猫を産んで、家は建てられ、赤ん坊は産まれ、棺桶は作られた。
また君を見つけるよ。
私がつまずいたのに、君は先に行ってしまった。
人生には二つの道がある。平凡な人生と、非凡な人生。
君がいないと平凡だよ。でも、長くは続くまい。
私には自分の名前が分からない。でも、君の匂いは覚えているよ。

（老紳士が退場する。この間に、不思議にもベラの遺体は消えている。カット・アウト）

第14景

（イスマイル、ヨナタン、老紳士、老婦人）

（ヨナタンが登場する。盲目になっている。イスマイルは片足を汚い布で巻いている。片足でしか動けない）

イスマイル　ヨナタン！
ヨナタン　イスマイルか？　お前の声だ、イスマイル。
イスマイル　ダメだ！　こっちだ。気をつけろ。そこらじゅう、地雷だらけだ。

どうした、そっちじゃないぞ。
地雷が見えないのか？
ヨナタン　目が見えないんだ。
イスマイル　何だって？
ヨナタン　目を潰された。太陽が千個出たかと思った。焼夷弾だ。まぶたが溶けて、くっついたんだ。見えないんだ。
イスマイル　気をつけろ。動くなよ。そこ、すぐ横に地雷がある。
ヨナタン　こっちに来てくれよ。
イスマイル　絶対動くな、ぶっ飛ばされるぞ。左側、何センチかで地雷だ。
ヨナタン　こっちに来てくれよ。
イスマイル　そうは言うけど、僕だって動けない。死人も同然、片足がないんだ。血が半分出たみたいだよ。
腫れあがって真っ黒になった。ボロ布を巻いてる。膿がすごいんだ。
おい、バカ、そっちじゃない。左だ、左だ！
ヨナタン　僕の左か？　お前の左か？
向かい合ってるんだろ。僕の左はお前の右だ。
イスマイル　なら、お前の右だ。動くな。ストップ。
聞こえないのかよ。
ヨナタン　僕の右か？　お前の右か？　分からないじゃないか。

イスマイル　お前の右だ。
ヨナタン　こっちか？　お前のほうへ向かってるか？
イスマイル　ああ、そのまま真っ直ぐだ。
ヨナタン　踏まないか？　大丈夫か？　地雷はないか？
イスマイル　大丈夫、真っ直ぐだ。

（二人は出会う。固く抱きしめあう）

イスマイル　ヨナタン！
ヨナタン　イスマイル！
イスマイル　やられたかと思ってた。会えるとは思わなかった。
ヨナタン　お前、痩せたな。
イスマイル　お前ほどじゃないよ。
ヨナタン　それでも、けっこうあるか。
イスマイル　いや、一週間絶食したみたいに軽くなったさ。
ヨナタン　弾薬ケースよりは重いな。
　食ってないなら、クソでも溜まってんのか？
イスマイル　騒音で下痢、煙で便秘だ。
　クソがもういっぺん体を回って栄養になるのさ。でなきゃ、とっくの昔に飢え死にしてるさ。
その目、どうしたんだ？
ヨナタン　境界線を二回越えた。
最初は負けたが目はあった。
二度目は勝ったが、目をなくした。
イスマイル　お前、変わったな。
ヨナタン　お前もな。
もう、二人揃ってじいさんさ。僕は女以外は全部、経験した。
イスマイル　それがいいさ。女なんて最低さ。
ヨナタン　どういう意味だ？　話してくれ。
イスマイル　いいね、ほかの話をしよう。お母さん元気か？
ヨナタン　死んだよ。君のお母さんは？
イスマイル　うちも死んだ。ほかの話をしよう。
ヨナタン　何を話そう。
イスマイル　僕たちのこと。
ヨナタン　何もない。戦争だけさ。
イスマイル　僕もそうだな。
ヨナタン　何があったんだ？　イスマイル。
イスマイル　何もないよ。

（お互いに腕の中に飛び込む。イスマイルが急に身を離す）

イスマイル　いけない、僕たちは敵だ。
ヨナタン　そうじゃない。
イスマイル　お前は向こうへ行った。
ヨナタン　そうだけど。
イスマイル　だから、敵さ。
ヨナタン　なら、そうか。
イスマイル　敵だ。
ヨナタン　でも、お前自身の敵じゃない。
イスマイル　僕たちの敵なら、敵だ。
ヨナタン　イスマイル。
イスマイル　そうだろ。お前、自分で選んだんだろ。
ヨナタン　僕はお前の敵じゃない。
イスマイル　敵の側の人間だ。
ヨナタン　なら、そうか。
イスマイル　行ってくれ。
ヨナタン　地雷の中をか？

イスマイル　そうだ。敵なら敵の側にいろ。敵なら地雷の向こうにいろ。
ヨナタン　どっちだ、教えてくれ。

（イスマイルはカラシニコフを取り、ヨナタンを狙う。躊躇しているような間）

イスマイル　そうだ。そのまま進め。

（イスマイルが撃つ。ヨナタンが地面に転がる）

（死んだヨナタンが起き上がって話す）


ヨナタン　彼らが僕を連れに来た。そうするよりほかになかった。

一緒に行くか、武器を捨てるか。武器を捨てる、とは殺されるということだ。僕は彼らについて行った。

もうすこし遠くから様子を見たかったんだ。

でも、銃を積んだジープで道路は塞がれていた。

町は封鎖されていた。

町が見渡せるハイウェー。

丘の上には大型兵器。

罠にかかったネズミのように、

あとは虐殺があるだけだった。
三日後に虐殺は始まった。
僕たちは大量の爆弾で破壊した。
指令は皆殺し。
あらゆる手段で殺しまくった。
M16、カラシニコフ、手榴弾、小型機関銃、MPK、
対戦車ロケット砲が人間めがけて撃ち込まれた。
52型連発ロケット、刀や剣も用いた。
鎖鎌も頭の上で振り回した。素手で殺したこともある。
首をへし折り、背骨を砕き、
ナイロンの紐で絞め殺し、
短刀で胸を突き刺した。
首筋に針を刺して痙攣させた。
ナイフは動脈、頚動脈、鎖骨の下、そして心臓を刺した。
早ければ十秒、長くても三分で死は訪れた。
目や性器をえぐり刺すこともあった。目はあっけないが、性器はしぶとい。
ナイフで突き刺すと、娼婦みたいによがる奴もいた。
見られたもんじゃない。
一番難しいのは、喉を生身でかき切ることだ。

一発で殺さないといけない。できれば背後からがいい。

英雄気取りが何になる。

車に、ドアに、タバコの包みに爆弾を仕掛けた。撃って、撃って、撃ちまくった。

子供も撃ち殺した。大きくなったらお前を後ろから撃ってくるぞ。

ヘリコプターがミサイルを束にして投下した。

キャンプは焼け落ち、
丘では何キロにもわたってブドウが燃えた。石の壁も爆発炎上した。

爆破、爆撃、人間のごった煮。それが四十八時間以上も続いた。

手に入れろ、手に入れろ、この世の果てまで進むんだ。

子供たちは戦車の下敷きだ。

十把ひとからげにひき潰せ。

火炎放射で焼き尽くせ。

生きた松明が炎をあげて百メートルは走る。

一秒でも生き延びようとするんだ。

服も、手も、目も、壁も血だらけだ。

絞め殺せ、絞め殺せ、絞め殺せ。

チャッフ！　倒れた他人をまたぎ越え、
めくら滅法、突進だ！

死体が上から降ってくる。爆破でズタズタ、小間切れの死体だ。血のシャワーが降り注ぐ。

一歩進めば子供のバラバラ死体、頭を割られた赤ん坊、孕んだ女が腹を引き裂かれてる。お前は獣だ。獣はお前か、それとも敵か。
動くものなら何でも撃て。ガキだろうと、ネコだろうと、仲間だろうと撃て。
撃て、撃て、撃て。撃たないとお前が死ぬんだぞ。撃て、撃て、撃て！

（ヨナタンは倒れて動かなくなる）

（老紳士と老夫人が向かい合わせに再会する）

老紳士　君か。そうだろうと思ったよ。
どこかへ行っちゃうとは思わなかったよ。
きれいだよ、君。神の存在を明かす五つの証拠よりも美しい。君がその証拠なのさ。

老婦人　まったく、泥と血でビシャビシャだっていうのに、あなたときたら、そんなお世辞ばっかり。

老紳士　君こそ、わが渇きを癒す泉。

老婦人　なんだか、革命があったみたいですわね。きっと宗教が違うんで戦争にでもなったんでしょ。もう、次の王様が誰になるのか、私には分かりませんよ。臨時政府ってクーデターなんですの？　そのうちきっと、労働者だって革命を起こすようになりますわ。ともかくだんだん深刻になってるみたいですわねえ。内戦がこんがらがって世界戦争ですかねえ？　でも、もう私には分かりませんよ。あなた、そのズボン、ボロボロじゃありませんか。

老紳士　悪いことは宿命のせい。良いことは政治の手柄。よく言うよ、何もかも、本当は偶然なのに。偶然じゃないのは、愛だけさ。

老婦人　またそんなしょうもないことをおっしゃって。

老紳士　疲れたよ。

老婦人　ここのところ、仕事が忙しかったですからねえ。

老紳士　私は痩せたんじゃないかね。私たち、結婚したころは、二人合わせても百キロなかったね。覚えてるかい。

第15景

（ヨナタン、イスマイル、老紳士、老婦人、めんどりおっ母、ザック、海藻まみれの死人、ベラ）

（めんどりおっ母が登場。彼女は初めて廃墟を見る）

おっ母　よしとくれよ、ここがエルサレムだなんて。そんなはずがないじゃないか。エチエンヌが言ってたけど、エルサレムは地上のほくろだって。

イスマイル　痛い。

おっ母　傷むのかい？
　私もさ、持病でね。
　歌でも歌ってあげようか？
　あんたのためにだよ。歌ったためしなんかないんだけど、
　あんたのためなら。
　好きにおし。
　いい薬になる草があるんだよ、でも、ここじゃあねえ。なにしろこの廃墟じゃあ、石こ
　ろばっかりで、草一本生えてない。
　見せてごらん。ひどいねえ。

イスマイル　足が。

おっ母　はあ、足かい。でも、ちょっとしか残っちゃいないじゃないか。戦場に置いてきちゃっ
　たのかい、あんたの足？

（おっ母はイスマイルに近づく。イスマイルはカラシニコフをつかんで、おっ母を狙う）

イスマイル　来るな。

おっ母　何て国なんだい、ここは。子供が年寄りみたいな口をきく。銃をお放し。バカはよすん
　だよ。

動物のほうがあんたよりマシだね。

老紳士　(老婦人に) 今度は彼かい。

老婦人　それが人生なんですよ。

老紳士　涙ぐましいものがあるな、一瞬でも長く生きようとする努力。

老婦人　ちょっとだけ長いか短いかですのにねえ。

老紳士　ところがそれが大違い。

私だって、君と出会う一分前に死んでたら、人生は空っぽだった。その一分の違いさ、たったの一分だがね。

イスマイル　もうどうでもいい！

(カラシニコフを放す)

痛いよ。

膿が出る。体がもう、腐った木切れみたいだ。

何ヶ月も洗ってない。

お前、僕の熱から出てきたんだな。

本当はいないんだ。

(自分の頬を何度か叩く)

消えない。

おっ母　お飲み。

（ザックが登場）


ザック　クソっ、キンタマに金メッキできるくらいの契約の前の日に死んじまうとは大馬鹿だ。

もう、いいよ。俺は死んだんだ。

世界が変わったっていいじゃないか。

女はいないのか。天使のベリーダンスでも見せてくれよ。音楽だ。緑豊かなふつうの世界を！

俺はここで死にたくないんだ。

おっ母　（イスマイルに）どうしてこうなったんだい？

イスマイル　ヘリコプターだ。地上十五メートルで空中停止してた。プロペラの音。爆弾で舞い上がる砂。機関銃。手榴弾。怖かった。

ザック　死んだからには、ちゃんと扱ってもらおうじゃないか。

神様に苦情を言ってやる。

だいたい、どこに居るんだ、神様は？

おい、どこに居るんだ？　神様！

俺は死んだんだぜ。

イスマイル　大きな怪物が襲ってきた。僕には小さな銃だけだ。子供が水鉄砲で、象を相手にするようなもんだ。

（海藻まみれの死人が登場する）

死人　俺は湾岸で死んだ。石油タンカー、ヘリコプター、船とミサイルとカミカゼと、アメリカ人と外交官だらけの湾岸だ。
俺は力尽きて死んだ。
海に投げ込まれたのが十五時四十分。俺の死体は湾岸の油ぎった海をゆっくりと流れた。

（力尽きて倒れて、動かない）

老紳士　こいつらどうしたんだい。みんな共同墓地から出てきたぞ。そのくせ立ってもいられないんだから。

おっ母　（イスマイルに）じゃあ、傷口を焼くよ。それよりしょうがないからね。歯をぐっと噛んでるんだよ。

ザック　くそったれが。さあ、出てきて俺を裁きやがれ。さあどうした。俺だって洗礼を受けてるんだぞ。坊主に金も払ったんだぞ。

神様、呼んでるんだ。死人が呼んでるんだ。

おっ母　大声出すんじゃないよ。
怪我人がいるんだから。

ザック　だから何だ。俺は死んだんだ。

（ヨナタンが登場する）

イスマイル　ヨナタン！

ヨナタン　ベッドの下にもぐってた奴がいた。
そいつの髪をつかまえてやった。喚き散らしてやがった。
背中からナイフで一刺しさ。
突いて、突いて、突きまくった。

イスマイル　ヨナタン！
僕が分からないんだ。

おっ母　見えないんだよ。熱もありそうだね、あの人。
あんたは動くんじゃないよ。

ザック　いいじゃねえかよ。
天使は、裁きは、正義の剣は？
そういう話だったろ、一切合財出しやがれ！

老紳士　愛について話そうとすると、いつもそうだ、君はちっとも聞いてくれない。かと思うと、私が同じ話ばかりすると言う。つんぼと唖の会話だな。
老婦人　何も言わなくても分かり合える。それが理想じゃありませんこと。そんなことより、この人たちをどうにかしてあげてくださいな。
老紳士　こいつら逃げ出しおった。死人の逃亡だ。
老婦人　そりゃそうですよ。お墓が爆弾でめちゃくちゃなんですから。
イスマイル　ヨナタン！　聞いてくれ。
僕を恨まないでくれ。
見えてる連中は何も分かってないんだ。
白い着物を着せられて、子供たちが一列に歩く。
戦車がエンジンをふかしていた。
おっ母　動くんじゃないよ。
イスマイル　逃げ出すことができないように、
足を縄でつながれた子供たちが、
手に手を取って歩き出した、地雷に向かって。
老紳士　もう、こりゃあどうにもならんな。
死んだ人間がみんな甦ってくる。

（ザックが銃を撃つ）

老紳士　止め！　止め！
ここでは仲良くしてもらわないと。

ザック　向こうの奴らが止めたらこっちも止めるさ。

老紳士　もう死んでるんだ。あんた分かってるのか？

ザック　それがどうした。死んでようが生きてようが、俺は自分の命を守る。

ヨナタン　脱出だ！　進め！　殺せ。殺せ。殺せ！

ザック　俺だってずっと首に十字架つけてたんだぞ。
はっきりさせろ。居ないんだな、居ないと言え！
神様！

（ザックは倒れて動かなくなる）

イスマイル　子供たちは真っ直ぐに進む。
地雷が地面から頭を出している。
最初の列が吹っ飛んだ。
子供の腕と、頭と、脚が吹っ飛んだ。
あたり一面、腕と頭と脚だった。

おっ母　しゃべるんじゃないよ。熱に浮かされてるね。
イスマイル　ちがう、この目で見たんだ。
おっ母　どっちでもいいから、黙っておくれ。
ヨナタン　殺せ、殺せ、殺せ、脱出だ。切り刻め、はね飛ばせ、殺せ、殺せ、殺せ！

（ヨナタンは倒れて動かなくなる）


おっ母　神様はあたしを生かしといちゃくれないだろうね。

老紳士　狂ってる。この死人たちは狂ってる。

老婦人　ちがいますって。もう死んでるんですから。

イスマイル　最初の列が吹っ飛んだ。あちこちから、子供たちの小さなうめき声が聞こえてきた。体がバラバラになってもまだ死んでいない子供たちの声だ。少しは、生きていられるんだ。

それが合図のようだった。戦車がエンジンをかけた。

かけらになった子供たちの上を、戦車が押し潰した。

泥と鉄のはざまで、小さな体のかけらがグシュグシュ音をたてた。

やわらかな地面に埋まっていったものもあった。

口いっぱいに泥を詰めて死んでいる子供もいた。

子供たちは地雷を爆破させた。

おかげで、戦車は前へ進むことができた。

（ベラが登場する）

イスマイル　ベラ！

ベラ　苦しみが蝕む。そのままほうっておくと、体のなかで腐ってくる。そして私の命を奪う。
夜ごとのいろんな男たち。
戦闘服も脱がずに……
私の中に入ってきた男たち、みんな冷たかった。
みんな機械みたいだった。

イスマイル　ベラ！
見えないんだ。

老紳士　あの人は死んでるんだよ。

おっ母　なんて道だい。
近づけば近づくほど、約束の土地とは似ても似つかぬこのありさま。

老紳士　死人たちはみんな不眠症だ。

老婦人　まあ落ち着いてくださいな。
生きるも死ぬも喜劇みたいなもの。悲劇にだけはしてはいけませんわ。

老紳士　眠ろう。なんとか眠ろうか。

老婦人　二百年たったら、また目を覚ましましょう。
老紳士　それで、どうするんだい？
老婦人　どんな様子か見てみるんですよ。

（二人は寄り添って眠り込む）

ベラ　あたり一面、火の海。メシアは偽者、ミサイルは本物。
　この国には空気がない。誰もが窒息死する。
　植木を育てる老人のように、私はこの子を育てていた。
　私はバカだった。

（ベラは倒れて動かなくなる）

イスマイル　ベラ、目を開けてくれ、話をしてくれ。ベラ！
おっ母　しゃべるんじゃないよ。

（巨大な爆発が空を覆う）

（めんどりおっ母が、死人――ザック、ヨナタン、海藻まみれの死人、老紳士、老婦人、ベラ――であふれ

た舞台の中央にいる）

おっ母　死体が焼ける匂いがするね。
どうだい、足は？　臭くて胃袋がひっくりかえりそうだよ。

イスマイル　痛いよ。

（イスマイルが倒れて死ぬ）

おっ母　この子、死んじゃったかい。
あたしの子供たちが冷たくなって死んでいるのを見つけたとき、あたしは一晩眠らずに
不思議な一夜を過ごしたよ。
虐殺の荒野であたしは子供たちを見守った。
凍てつく朝、目を覚ますと、
あたしは子供たちが倒れたその場所に、子供たちを打ち捨てて、
目の前に続く道をじっと見つめた。
その道があたしには包帯や水やタオルの代わりだよ。
傷口をたっぷりと癒してくれるのさ。
旅は続くんだ。どこまで行ったら終わりかね？
よく知った顔に囲まれて、子供のころから育った家で眠りにつける人がうらやまし

いよ。
さあ、歩くとするか。
人の世の、この草ぼうぼうの大騒ぎ
そりゃあみんな、偽り、まやかし。
秩序は宇宙の法則さ。すべては丸くおさまるさ。

（彼女は上着を脱ぐ）
（上着の表面には、いたるところに小さな布袋が縫いつけられている）

あたしの子供たちの遺灰さ。
ここへお返しするよ、この世界という船の船長さんにさ。

（おっ母は袋の中身を地面に空けて、棒切れ、あるいはイスマイルのカラシニコフでかき回す）

さあ、また行こうか。
おーい、誰かいるかい？
おーい、誰かいるかい？
おーい、誰か、誰かいるんだろ、きっと。

（おっ母は疲れきった足取りでゆっくりと、遠くへ去っていく）

（暗）

夜の動物園

登場人物

ジョー
サラ
マイク
男

私の考えでは、演劇は現実についての瞑想なのであって、いくらか様式化をともなうにせよ、現実の再現ではない。場所について明確にしなければならないことは、それを措いて何ひとつない。この芝居は日没に始まり、夜明けに終わる。

第1部

1

（サラ、ジョー）

サラ　あれどうしたの？
ジョー　他の奴が持ってるさ。
サラ　他の奴？　他の奴って？　渡していいの？　赤の他人じゃない。
ジョー　赤の他人、そりゃお前の知り合いじゃない、けれど俺の知り合いだ。
サラ　いつからの？　一時間？　一日？　いつからの知り合い？
ジョー　見せろ。セーター脱げ。見せろよ。
サラ　見たいなら、返して。
ジョー　ホレ、くれてやるよ。

（コインを投げる）

サラ　半額にもならない。

ジョー　残りはそのうちだ。

サラ　イヤだってば。

ジョー　なら、片方だけ見せろ。

サラ　イヤだったら。

ジョー　半額分だ。

サラ　イヤ、おっぱいの分割払いなんか。ねえ、いつからの知り合い？　一時間？　一日？
もっと？

ジョー　見せろよ、半額で片方だけ。

サラ　下司野郎！

（ジョーが退場する）

2

（サラ、マイク、後からジョー）

サラ　そこのクソたれのクソ漁り小僧、どうしたの？
マイク　忘れたんだ。こっちかな、あっちかな。
サラ　忘れたの？　忘れるって、忘れるもんなの？　見つけて。
マイク　このへんだ。
サラ　さがして、急いで、動いて、見つけてよ。
マイク　こっちかな、あっちかな？
サラ　どこでなくしたのかも分からないのね。
マイク　なくしてない、なくしてない、なくしてなんかない。
サラ　さっさと見つけるのが身のためよ。早くしてよ、でないと体真っ二つにへし折ってキンタマ嚙みちぎってあげるからね。
マイク　じゃあ、あっちだな、たぶん。
サラ　分からないの！　心当たりもないのね。このイタチ小僧、探すのよ、西も東も探すのよ。やるの動くの急ぐの、動いて走って飛んで踊って探すのよ、犬畜生。探せこのマヌケチビ、探すんだよ。このあたりひっかきまわしてごらん。もっと早くもっと早くもっと早く！
マイク　喚くなよ、喚くなって。神経が参っちゃう、背筋に電気が走る、モゾモゾしてきた、ほら、指がムズムズしてきた、ムカムカしてあんたの首絞めたくなってきた……
サラ　やってごらん。この首、絞めてごらん。
マイク　やっぱり、あっちのほうだ。思い出せない。喚いてないで手伝ってよ。喚いてるばっかりじゃないか。

サラ　何にもできないの。綿みたいに足はふにゃふにゃ。胸は鉄筋でがんじがらめ、見えないコンクリート・ブロックに埋まったみたい。もう心臓も血を送り出してないの。頼むから早く。もたもたしてたら、手遅れよ。

マイク　そんなことないよ。勝手に歩いて行きやしないよ。

サラ　体じゅうが震えてる、震えっぱなし。お止め、私の手、ブルブルすることないのよ。言うこと聞かない、このバカひっぱたいてやる、お止め、私の手。早くするんだよクズ、早く見つけて、見つけるの。

マイク　探してるさ、進んでる走ってる嗅ぎまわってる這いつくばってるまさぐってる、鼻だってクンクンさせてる、危険を冒してかがみこんでる踊って走って滑ってる、滑って転んで顔がグシャグシャ、なのに、ホッ、何もありゃしない、飛んでった、消えた、どこにも何にもない。どこに置いてきたのかな、たぶん、誰かが持っていったんだよ。

サラ　あんた、血がたぎることないのね。

マイク　ない。何にもない何にもない。何にも見つからない。

サラ　私の言葉は腐れきってる。だから希望を抱いてもらえないの？　私の眼《まなこ》は冷えきってる。だから力を出してもらえないの？　あんたの頭は病んでいてちゃんと足の上に乗ってないの？　二十歳にもならないのにもう死んでるの？　あれが見つからなかったら死のうっていうこの女のために、急ごうとも思わないの？

マイク　あんた、ぼくとはちぐはぐだな。ぼくとだと、何から何までひん曲がっちゃうな。覚えてないんだ、急げって言ったたって。

サラ　あんたがあの糞だめのどこかに置いてきたんでしょ。見つけるのよ、さもないと吊るし上げだわ、目ん玉ひっこ抜いてナイフで一刺し、ぶっ殺してやる、それから旗みたいにポールにぶらさげて、そのどてっ腹、破裂するまで膨らましてやる。

マイク　見つかんないよ。

サラ　犬みたいに這ってさがすんだ、埃のなかで舌をたらし鼻をひくつかせるんだ、足を使ってさがしてごらん。あんたをどこへ連れて行ったか、頭で考えなくても足が知ってるわ、連れて行けって命令してごらん。あんたがボケっとしてる間に、どこへ連れていかれたんだい、這いつくばってさがすんだ、拳骨に怒りをこめてさがしてごらん。チンチンにも聞いてごらん、どこでおしっこしたの、どこかでチンチン出したんだろ、チンチンだって覚えてるよ。汗のなかにもぐりこんで、汗の流れを辿ってごらん、どこから汗はお前の腿を流れ始めたんだい、岩にも床にも触ってみるんだ、考えるんじゃない、考え込むんじゃない、耳の疼きに任せるんだよ、目ん玉を尖らせるんだよ、あんたは見てなくても、目ん玉がはっきり見てるんだ。砂埃を嚙むんだよ、さっき喉がひりひりしたあの味を思い出すんだ、お前の口から泡が流れ出た地面をなめるんだ。進むの、記憶のへりによじ登るの、やってごらん、その厚ぼったい皮を引っ掻いて進んでごらん、進むのよ、そう、二十歳の機械だ、バネがイカれてるわけないでしょ、考えちゃいけない、壊すのほじくり返すの感じるの糞まみれになるの……

マイク　喚くなよ、喚くなって。電気が走るぜ。

サラ　み・つ・け・て！
マイク　背中が！
サラ　止まらないで、グルグル回転するの、探すの動くの、止まるんじゃないの。
マイク　手がムズムズしてくる。
サラ　もっとエンジンをふかしてごらん、アドレナリンを出してごらん。私の爪はしっかりこの手についてるよ。今にも血がにじみ出てきそうだよ。
マイク　だんだんムカムカしてきた。マジに絞め殺したくなってくる。

（マイクは近寄って両手をサラの首にかける。ジョーが登場する。間。マイクがサラを放す。ジョーはひとかたまりの毛布を手にしている）

ジョー　人っ子ひとりいないゴミ捨て場に、黄色いシミみたいなこいつが動いてた。
サラ　ゴミ捨て場にほうリ出したんだね、ゴミ捨て場に。
マイク　覚えてない。記憶は真っ白。思い出せない、誓うよ、ゼロのゼロ、真っ暗の穴ぼこ、ほんとさ、わざとじゃない、置き忘れただけさ、信じてほしいな。

（ジョーが毛布を投げ捨てる。彼が両腕に抱えているのは赤ん坊）

サラ　（ジョーに）返して。

ジョー　ギヴ・アンド・テイクだ。どうしてもらいたいか、分かってるだろ。
サラ　そんなの取引じゃない。私のものよ、他の誰のものでもない、なのに交換だなんて。
ジョー　交換しよう、取り戻したいならな。
サラ　（突然、憔悴して）分かった、好きにしてていいわ、だから、早く返して。
ジョー　約束だ。
マイク　（ジョーに）そんなことしちゃいけない。
サラ　（放心して）いいわ、OK、ノー・プロブレム。約束する。
マイク　ジョー、もういいだろ、渡しなよ、渡してあげな、これは彼女のものだ。サラ、この人からかってるんだよ、返してもらえるって。返すって。心配しないでいいよ、今、返してもらえるよ、あんなこと言ったのは、ちょっと……
ジョー　マイク、ちょっかい出すんじゃない。
サラ　さあ、約束したわ、彼が証人。約束したんだからすぐに返して。私をあんまり……
ジョー　何を約束したって？　約束するときはちゃんと約束するもんだ。
サラ　あの男のことは私がやると約束します。
ジョー　俺が言うとおりのやり方で、俺が言ったものをあいつから掠め取るんだ。
マイク　ジョー、そんなことしちゃいけない、やめてよ。
サラ　（機械的に）ジョーが言ったやり方で、ジョーから言われたものをあの男から掠め取ります。
ジョー　さて、これはだ、（赤ん坊を示して）これは俺の担保だ。人質だ。さしあたり預っておく。

あいつの件が済んだら返してやる。

マイク　ジョー、まずいよ。そんなことするならぼくはもう、あんたと手を切るよ。古いダチのマイクは金輪際あんたのダチじゃない。

サラ　意地悪の性悪のキ印のしみったれ、革ジャン着てるならヤギとやりゃあいいんだ、この助平。

ジョー　黙れメス犬、淫売、人間のクズ。チンコってチンコが匂いでお前のこと覚えてら。

サラ　返して、約束したんだから、ちゃんとやるから、約束は守るから。

マイク　返してあげなよ、これは彼女のもんだ、彼女のものだ。彼女にしか産めなかったんだ。

ジョー　つべこべ抜かすな、黙ってろ、これは大人の話だ。出しゃばるんじゃない。今日はいい天気なんだ。朝日をあびて目覚めたときはぐったりしてた、でもいい天気なんだ。つべこべ言うな。他人ってのは麻薬みたいに我慢がならない。なしで済ませないとな。俺に逆らうのは、このベイビーにも逆らうってことだ。穢れを知らない孤児院行きのクリスマス坊やにな。お前、いいか、まだ精神的にウンチから抜けられないならな、俺の言うとおりにできないならな、こいつをペシャンコにつぶしてやってもいいんだぜ、ここから放り投げてやろうか、分かるだろ、どれだけ高いところから落下するか。これだけ高いところから落ちるんだぜ、分かるだろ、やれと言うなら俺はやるぜ、城塞のてっぺんから、この孤児《みなしご》ちゃんを放り投げてやる。どんな武器でも邪魔させねえぜ。

サラ　もうそんなこと言わないで、ジョー。

ジョー　ま、分かってるなら、もう言わないでやる。

（赤ん坊が大声で泣く）

サラ　お腹をすかせてる。物じゃないの、生きてるのよ、ちょっとは暖かくしてあげなくちゃ、ミルクもあげなきゃ、じゃないと……

ジョー　俺が暖めてやる。あとはおあずけだ。大至急やれ。かわいいおっぱいでお乳を飲ますんだ。苦いお乳の、そのおっぱいでな。

サラ　ジョー、あんた老けたわね、ジジイだわ。

ジョー　なあ、言ってくれ、俺を愛してるんだろ。

サラ　（感情をこめずに）愛してるわ。

ジョー　信じてほしいんだな。

サラ　べつに。この子、お腹すかせてるんだから、五分だけ貸してちょうだい。終わったら返す。約束どおりにするわ。

ジョー　ダメだ。これは担保だ。まずは払ってもらおう、そうしたらこのお前のイエス様を返してやる。

（赤ん坊が大声で泣く）

サラ　憎たらしい、憎たらしいわ。

ジョー　今回は、まあ、信用してやろう。
マイク　ぼくもだ、ジョー。あんたが憎い。こんな汚い真似するとは思わなかった。
ジョー　お前も信じてるぜ。

3

ジョー　坊や、お前に触ると汗が出る、震えも来る。お前は歯をむいて俺に飛びかかってくる。お前のひび割れたいかつい手が爪を立てて俺を傷つける。マイク、お前のおかげで元気になるぜ。俺はお前を丸ごと飲み込むんだ。ゴクンと俺のなかに入れるんだ。腹のなかにだ。俺はお前のパンチをくらって下腹を防御する。お前は盲目滅法ぶっ叩くんだ。坊や、だからお前が好きなのさ。お前は俺の悪魔さ。気をつけな、あの女はやわじゃねえぜ。月夜の晩に連れ出すんじゃない。あいつを片っ端からものにしようなんて思っちゃいけない。ものにされるのはお前のほうだ。あいつはお前よりデカいんだよ。気をつけな、好き勝手するんじゃないよ。

（マイクが退場する。ジョーは赤ん坊をかかえて退場する。それにやや先だって、二人の背後には四十五歳くらいの男が登場している）

4

（サラ、男）

男　ここは獣《けだもの》の世界だな。しかし心配ご無用、取引なら交渉成立、つまり決着か、決裂だ、単なる金銭問題、力の問題。目下のところあなたに力を及ぼしているのはあいつらだ。けれどもあなたと私は、あいつらが手に入れたがってる何かを持っているんじゃないのかね、というか、あなたが私から手に入れる役目を負っていて、そしてもし、私にもそれが可能となれば当然ながらあなたにお渡しすることもやぶさかではないそれを持っているのはこの私というわけだ。

サラ　ひとつ。言って。ここに何しに来たの？　あんたは何かをここで探してる、それを知りたいの。あんたから何をもらうことになるかは、それから聞くわ。

男　まずはそっちだ。無理なことから始めてもらっちゃ困る。私がここへ何をしに来たか、それは言えない。

サラ　いつまでいる気？

男　探しものが手に入るまで。私たちにはどうも謎が多いと思わないか？

サラ　あんたでしょ、わけの分からないこと言ってるのは。何を探してるの？

男　いいだろう。提案がないなら、私は失礼するとしよう。

サラ　あんたの子でもないんだし、あんな赤ん坊、殺したっていいんだわ。それにどうでもいいでしょ。あんたにとって赤ん坊が何なの？　あんたにはあっちの世界がある。こっち

男　にはあの子がいる、以上、マル。
まずひとつ。私の同情をひかないことだ。そしてふたつ。あなたの年齢なら、まだ何人だって子供を産める。さらにみっつ。あなたはけっしてそれを言わない、だから力を貸そうにも、どうしたらいいのか皆目見当がつかない。さようなら。
サラ　あんた、あの二人といい勝負だわ。
男　そっちのブツを出してもらおうか。もらうかどうか、何と交換か、教えてあげようじゃないか。

（男が退場する。サラが後をついて行く）

5

（ジョー、マイク。赤ん坊はもういない）

ジョー　お前、知ってるか、海?
マイク　見たことあるよ、一度だけ。青いんだ。
ジョー　そりゃ絵葉書だ。見たことないな。どうしてウソをつく。
マイク　クソ、櫛があったら。
ジョー　髪の毛なんかほっとけ。そのままがイカスぜ。ボサボサで汚ないのがいい。

マイク　ねえ、ジョー。世界ってこんなふうに続くわけないよね。こんな病気の世界。ぼくたちが巨人だったら、世界の頭とケツをひっくり返して、また元気にしてやるんだけど、でも、ぼくたちは小さいし。
ジョー　そう、俺たちはみんな小人《こびと》だ。
マイク　幸せの神様はずっと前から眠ってるんだね。世界の始まりからぐっすり眠ってて、まだやっぱり眠ったままなんだ。
ジョー　世界はザリガニみたいにゆっくり動く。後ずさりしていくんだ。
マイク　見て、ガソリンの容器だ。まだ入ってる。缶詰見つけようよ。
ジョー　何の缶詰だ？
マイク　何だっていいんだよ。空き缶だよ、バカだな。
ジョー　どうするんだ？
マイク　待ってて。何キロも炎が上がる。
ジョー　バカか、お前。
マイク　見渡すかぎり松明だ、焦げた匂いが星まで上っていく。
ジョー　やめときな。

（ジョーがマイクからライターを取り上げる）

マイク　瞬きしないでどのくらい太陽を見てられる？

ジョー　目がつぶれるぞ、バカ。
マイク　話して。
ジョー　何を？
マイク　ぼくのこと。
ジョー　お前の声、お前の笑顔、お前の歯、お前の手、お前の唇、お前の目、お前の髪、お前の指、お前の腹。
マイク　さわらないで。そんなふうにされたら痛いよ。ねえ、男のほうが好きなの？
ジョー　俺はお前が好きなのさ。ほかの男もってわけじゃない。一頭の馬を気に入ったからって、ほかの馬もみんな好きになったわけじゃない。
マイク　前に船乗りに声をかけられたことがあるんだ。ぼくは何もしなかった。でもちょっと親切にしてあげたらぼくの口の中にお札をいっぱいつっこんできた。不良がね、自分の妹だっていうデブでブスの子を押しつけてきたことがあった。だからぼくは断わった。そしたら一時間くらいして、その不良が人気のない通りで仕返しに来た。指で目潰しくらわせて、ぼくのものをかっぱらって逃げたんだ。船乗りが何人かでぼくを病院にかつぎこんでくれた。ウイスキーを三杯飲んで、バーの女をうっとり眺めながら、マニキュア塗った指をしゃぶったこともあった。女はニッコリして、されるがままさ。カップルと一緒に上へ上がったこともあった。二人が愛し合うのを見てたけど、そのうち仲間に入っちゃった。
ジョー　たくさんの人間が汚れた足でお前を踏みつけた。

マイク　うん、だけど、誰もぼくにはさわらなかった。ジョー、あんただけさ。ジョー、あんた優しいね。でも、ぼく退屈なんだ。

ジョー　いつも考えてるんだろ、月が地面に落ちてきたらどんな音がするだろうって。ここで不都合でもあるのか？　俺たち、一緒じゃないか。

マイク　あんたは癌になるのが怖いんだ、だから、肋膜炎くらい楽しんでいられるんだね。ジョー、ぼくたち、ここじゃやばいよ。ただ、よそへも行けないってだけさ。

ジョー　本当に、気があるんじゃないんだな？　あいつのこと好きじゃないんだな？

マイク　誰のこと？

ジョー　しらばくれやがって！

（ジョーがライターを点けてガソリンに火をつける。お互いに黙る。ジョーが退場する）

第2部

6

（男、マイク）

マイク　どうしたの、悪いの？
男　何でもない。眩暈だ。時々するんだ。
マイク　歳だな。年寄の来るところじゃないのに。
男　年寄か。まあ、そりゃそうだろうな。
マイク　ぼくはアンテナなんだ。何でもキャッチする。あんたの具合が悪いのも気づいてた。
男　お前さん、ニコリともしないね。
マイク　あんたはぼくに何かを求めてくる。それも分かってる。
男　私は贅沢な乞食、お前さんは悲壮なスターだな。
マイク　はぐらかして。
男　お前さんの鈍いところが他人には優しさに見える。
マイク　あんたは、からっきしの年寄、完全にアウト、完璧にオワリだよ。だいたいそんなシャツ。
男　えっ？
マイク　シャツだよ。上着は着てな、そのジジくさい上着だよ。
男　（シャツを脱ぎながら、おそらく微笑んでいる）祭りの終わり。あたりは冷たいゴミ箱だらけ。タクシーに乗る金もない。
マイク　（讃嘆の口笛）純金、それ？　カフス・ボタン。
男　まさか、紛いもんさ。
マイク　ぼくは、好きだな。

男　お前さん、世渡りがうまいな。「好きです」とか「恐縮です」とか「畏れ入ります」とか。真心がある。世間の合言葉だ。

マイク　あんた、だんだんダサクなるね。完全に忘れられちまうよ。四十歳には十九歳のことは、何も分からないのさ。

男　四十七だ。

マイク　じゃ、当然さ。

男　そう、当然。そこらじゅうに鋲を打った革のジャンパー着て、おまけに髪の毛まで棘みたいだ。それでも小悪党とはな。なかなかできることじゃない。

マイク　ぼくのこと？　それ以上言ったら、あんたをこのど真ん中に置いてくぜ。どこが中心ラインかも分からなくなるね。神様から見放されて荒野の真ん中で、ひとりぼっちになったらいいさ。

男　酒は要るが、神様は要らない。

マイク　また眩暈かよ？　坐りなよ。じっとして、深呼吸してみな。良くなるって。上着も汚しちゃって、ずいぶん飲んだね。

男　痩せ助、白助、冷血漢、ニタ吉、ガミガミ野郎、ジーンズなんかでバッチリ決めやがって、正真正銘のチビ・クローン、レプリカ、アーチファクト。

マイク　ほんとに付き合いきれないぜ。半分も分からなくてよかったよ。全部分かってたら、その顔グシャグシャにしてやるところだった。まあ、あんたがそういうタマかどうか、分からないけど。

男　なるほどお前さん、まだ若いな。徹夜明けならしわくちゃな肌が、ピンク色だ。髪だってテカってないし、小じわもない。お前さんの良いところは、そういうわべだ。

マイク　で、何が欲しいんだ？　あんたとぼくじゃ、住んでる星が違うんだ。ただあんたの足音が聞こえるだけさ。ぼくはあんたに何も求めない。あんたと喋ってるのは、あんたがここにいるからだ。あんたみたいな化石と喋るのも面白い。それだけのことさ。あんたは陰気すぎて鬱から汗が出てくるよ。あんたが連れ歩いてるデッカい恐怖、そんなのぼくにはへっちゃらさ。あんたはレトロすぎて歴史以前だね。もう完璧にアウトだぜ。

男　お前さんと私の取引に移ろう。

マイク　取引なんかないさ、どんな取引だい。聞きたくないよ。ぼくには売るものも買うものもないさ。ただ、この体、あんたに十五分ばかり貸せるだけだね。でも、言っとくけど、その料金だって、相手が男か女か、どんな年齢かで、二倍にも三倍にもなるんだ。あんたなら最高料金だね。

男　お前さん、とんでもない勘違いをしてる。

マイク　あんたこそバカにかっこつけて。そんなにおしゃれしてこんなとこへ来るんじゃないよ。あんたこそうわべを勘違いしてんだろ。

男　お前さんみたいな人間と出会う必要があったのさ。

マイク　あんた、ストーカー？

男　いや。

マイク　露出狂？

男　まさか。
マイク　マゾ？　あんた、ポン引き？
男　ハズレだな。
マイク　あんた、福祉ワーカーのつもりかい、救済団体のつもりかい、小説でも書いてるのかい、映画でも撮ってるのかい、実験用のネズミでもさがしに来たのかい？　ここにゃそんなもんいねえよ。
男　人がいる。ここへつかまえに来た。
マイク　ポン引きじゃないって言ったじゃない。
男　人をつかまえるからって、ポン引きとは限らない。
マイク　ほっといてくれ。金が欲しいのか、女が欲しいのか知らないけど、その頭につまった古臭いもんなんか、ぼくにはどうでもいいんだ。ぼくにとってと、あんたにとってじゃ、世界は同じ向きに回ってないんだ。ぼくとあんたのあいだには、大西洋くらいの海が広がっているんだ。横断できない距離があるんだよ。

（マイクが退場する。隅っこで身をかがめていたサラが立ち上がる）

7

（男、サラ）

男　待ってくれ。行かないでくれ。話を聞いてくれ。ちょっと話そう。一分でいい。これではどうにもならない。急ぐんだ。それだけは分かってくれ。私がここにいる一瞬が、莫大な金額の損失になるんだ。金の流れは止められない。

サラ　どうだっていいわ。

男　あんたを賢い女と見込んでの話だ。

私はね、ずいぶん若い時分から働き出した。一からのたたき上げだ。数え切れないくらい職を変えた。どの仕事も必死でやった。プレッシャーがかかればかかるほど、よく働いた。もう十一以上の組織で仕事をした。何千人もの同僚と袂を分かった。私の行動は絶えざる探求だった。私とは似ても似つかない、使い物にならない連中の代わりになる友を探そうとする、発見へのプロセスの連続だった。

サラ　あんたもまったく、そこいらの下司野郎と変わらないわ。何が自慢かしら。

男　説教で時間を無駄にしちゃいけない。説教なんて、することがない連中のひまつぶしだ。時間の値打ちが、私の強迫観念だ。成功の秘訣もひとつにはそれだ。私の事務所には来客用の椅子もない。

サラ　ほっといてよ。疲れたわ。

男　そりゃあお互い様だ。この世の全てが疲れている。私たちの二十一世紀は毎朝、疲れたままで目を覚ます。

サラ　麻薬とバクチ、はったりと眠気、そのなかに埋められたいわ。ウチのババアに灯油あびせて、火をつけてやりたいわ。

男　いやあ、ビックリすることを言うもんだね。さあ、腹を割って話そう。私はあんたに何をしてあげられるんだね？

サラ　何もないわ。あんたみたいなのが、私みたいなのにできることなんか、何にもないわ。

男　まあ、そう侮辱することはない。私はね、自分がきれいな手をしてるなんてほざいてる私の階級のほかの連中とはわけが違う。だいたい連中には手なんかありゃしない。あいつらは誠実な悪党、というよりむしろ幽霊みたいにボーッとした存在だ。むごたらしい罪悪で汚れた手を洗う石鹸やら洗面器やらをいつもかかえて逃げ回ってる連中だ。

サラ　勝手なこと言ってるわ。あんただってそういう連中とどこが違うの？　人生の不幸を隠すのに、盾にするのは言葉ばっかり。それで、どうしろっていうの？　あんたの周りは無駄だらけ。だけどこっちには赤ん坊だけ。

男　憐れな赤ん坊を気遣うような善人面して、あんたどういう魂胆で私を丸め込むつもり？お互い、言い訳ばかりで時間を無駄にしたな。赤ん坊のミルクの時間はもう過ぎたんだろ。苦しい苦しいって、胃袋をひきつらせてる。

サラ　何て悪党なのかしら。

男　あんたの現実、そうさ、あんたにこの現実から抜け出す方法を思いついてもらおうと思ってね。それにちょっとお力添えさせていただこうというわけさ。それを忘れてもらっては困るね。それに、あんたこそ、こんな退屈ばっかり貯め込んだ連中と一緒にどうしようっていうんだい？

サラ　あんたに私の人生を語ってもらおうとは思わないわ。どうせ穴ぼこだらけの人生だもの。
男　虫けらみたいに無力な生き方をするもんじゃないさ。闘うんだ。さっきも言ったとおり、闘えるかぎり私は闘う。

（男、退場する）

8

（サラ、マイク）

サラ　あんたとは話さない。知らない人とは話さない。ジョーがどこであんたを拾ってきたのか、私は知らないわ。
マイク　でも話してるじゃない。ジョーとは古い知り合いなんだ。
サラ　私と会ったこともないくせに、ジョーのお気に入りだなんて、どういうわけ？
マイク　ジョーはぼくとあんたを、別々の引き出しにしまっておいたのさ。
サラ　あんたとは話さない。
マイク　話してるじゃない。
サラ　つい、うっかりよ。
マイク　まあ、話しても話さなくてもいいけど、お互い、言うべきことは言おうじゃない。

サラ　あんたに言うことなんかないわ。私にしてみたらあんたなんか、ただの景色。どうでもいいの。
マイク　気に入ったな。
サラ　何考えてるのかしらね、あの人。結局、使えるタマはこの私、あんたなんかお話にもならないおバカさん。まだ居たの？　話さないって言ったでしょ。
マイク　ジョーから聞いたよ、名前、サラっていうんだね。あんたとはもう会いたくないんだってさ。
サラ　あんたみたいな人なら何人も知ってるわ。ソラで言えるわよ。くいしんぼう、うぬぼれ、弱虫、みんな天使みたいに虫も殺さないような顔してるけど、汚らわしいほど強欲で、自分のヘソばっかり覗きこんでる身勝手な連中だったわ。
あんた、体洗ってるの？　そんなに臭くないわね。眠れないパニックの晩、あんたの頭のなかでブンブンうなったハエどもから、何をそそのかされたわけ？　急いだってどうにもならないのよ。産まれる前から、闘いが始まる前から、もうあんたはヘトヘトなんだから。闘いって言っても、何の闘いか、分からないくせに。もう何もかも消されてるのよ。あんたは、ちっぽけな本能で毎日、クソをひねるみみっちい機械なのよ。
マイク　どうしてぼくを侮辱するんだい？　ぼくが何者かも知らないくせに。
サラ　あんたはジョーの横にある、ポッカリ空いた場所。誰が代わりにやってくるか、分かったもんじゃないわ。
マイク　ほざいてろ。ぼくの顔に泥を塗っても、へっちゃらさ。ぼくは映画のなかでストックしておいたコーラを盗まれたって死んだみたいに凍りついてる黒人みたいなもんさ。ぼくはあんたを女として見ていたんだ。あんたが気づいてたかどうか。ねえ、ぼくをくじけさせないで。くじけたら、もう何も言えなくなっちゃうしよ。

サラ　私を若い娘だと思っていいのよ。話を聞いてあげるわ。この目のなかの、見知らぬ動物を見つめてごらん。私が男でも女でもないことが分かるでしょ。私のありのままがはっきり見えるでしょ。ボロボロの体のなかでそいつが息をつないでいるのが。半分がもう半分をガツガツむさぼって、腫れ物みたいに膨らんでいくの。

マイク　そう、サラ、続けてよ。明日になったら冷たい灰が山のように積もる。その灰のなかで、ぼくらが愚かにも作った白痴の子供たちが、ぼくらの屍の上でダンスするんだ。あんた、子供に自分の哲学を伝えなきゃ。絶望しないための、いちばん良い保障はそれさ。でも、サラ、もっと簡単なのはね、ちょっとだけでいいから、幸せってことを考えてみたら。

サラ　お願い。幸せなんて、言わないで。外は寒い。みんな怯えて輪になって、扉の向こう側にいる。地面から力が沸いてくるのを感じる。でも、それが怖い。

マイク　ぼくとあんたの話だよ。世間の連中のことじゃない。もう汗もひいてきた。こんな話、やめよう。サラ、苦しむの、やめよう。ジョーを探しに行こう。あんたの肌、きれいな女の肌だね。

サラ　あんたも世間の連中といっしょ。命は燃やすけど、何も照らしはしない。いつだったか、小さなサーカスで曲芸師を見たことがあったわ。デビューしたての曲芸師で、お手玉を三つ、うまくつかめなくなって、パニック。そしたら、たぶん一つか二つでもつかめると思ったんじゃないの、四つも五つも玉を出して。でも、一つもつかめなくてね、お客が口笛吹くなか、額は汗でびっしょり。

マイク　何の話？

サラ　ジョーと私を手玉に取るつもり？　でもあんたにはお手玉二つだって無理だわ。二つともつかめない、そう思わない？

（マイクが退場する）

9

（ジョー、サラ、途中からマイク）

（ジョーが登場）

サラ　収穫ゼロ。あいつ手ごわいわ。やることなすこと成功させてきた男よ。そんな男相手にあんた、どんな戦争ふっかけてるの？　どうなっても知らないからね。でも、こっちも弾は替えていかなくちゃ。なにしろ相手は戦争のプロ。勝利の男。あんたが今まで相手にしたこともない男だわ。さあ、ジョー、男に二言はないでしょ。返して。

ジョー　慌てるなって。心配いらないところで、暖かくしてるさ。

サラ　私、生まれてくるんじゃなかった。

ジョー　歌の文句はよしなって。言うんじゃないよ、くだらねえ。ともかく言うんじゃない。ここには女は必要ないんだ。坊やのほうがましってもんさ。女は俺たちよりも肉付きがいい。体のなかまで傷めつけたってかまわない。そこが可愛いところさ。でも、関わっちまったら抜け出せねえ。

サラ　あんたは神様から嫌われてるんだね。知性ってないの？　その顔のどこに隠してるの？

ジョー　出ていくなら返してやる。ここじゃお前は用無しさ。居たって誰の役にも立たねえ。

サラ　だったら誰の邪魔もしないわよ。でも、どうしてそんなに私を厄介ばらいしたいの？マイクが何か言うわ。

ジョー　何も言わないね。今日も明日も言わないね。

サラ　男が何か言うときには、腹は別さ。

（マイクが登場する）

マイク　あちこち探しちゃったよ、サラ。

ジョー　裏切者がお揃いか。希望の光が射そうってのに、お前、垢だらけ、ヒゲも剃ってない。

（サラが退場する）

10

（ジョー、マイク）

ジョー　どうした？　俺の影法師。

マイク　俺の影法師だなんて。あんたが物を思い出せないときに、記憶を蘇らせてあげる、それがぼくさ。あんた、変わり者だね。あんたにピッタリの名前さ……でも、せめて例の小さな荷物をどこに置いたのか、思い出してほしいんだ。

ジョー　記憶なんか、どっかへ行っちまえ。一発で空っぽ。まっさらな白紙。たまにはそういうのも悪くないぜ。思い出すには努力が要る。でも、そりゃ、降ってくる雪を手のひらで受け止めるのと同じさ。ほら、雪だと思ったら、もう溶けはじめる。つかんだと思ったら、もうない。

マイク　でも、ジョー。ぼくがいるじゃないか。あんたの生き字引が、そばにピッタリとさ。ぼくと付き合ってからのことなら、ジョーの人生、何だって思い出してあげるよ。大切なものはぼくがここに持っているんだよ。ぼくも好きなようにそれを自分で開《ひら》けるんだ。ぼく、いつ逃げ出したっていいんだぜ。ほんの三言しゃべったら、あんたはお終いさ。その三言に関心を持つ人は多いだろうな。

ジョー　脅迫するな。うぬぼれるんじゃないよ。ガタガタ言ってもどうにもならない。お前、何を企んでるんだ？

マイク　そうやって血走った眼でぼくを見る。分かってるだろ、体を傷めた動物みたいに、ぼくはあんたを背負って行くんだ。あんたにそっくり、獲物をあさってあたりをうろつくハイエナやコヨーテの餌食にはさせないよ、でもやつらはあっけなくあんたを引き裂いて生のままガブリと食べちゃうのさ。ジョー、強いのはね、ぼくのほうなんだ。あんたを襲った災難の意味も状況も、ぜんぶ分かってるよ。だけど、ぼくはこのとおり、頭がどっかへ飛んでっちまうピンチとは無縁なのさ。……ジョー、返してやりなよ。片付けちゃいなよ。それから、あの男から何を探り出そうとしてるのか知らないけど、そっちのことも力になるからさ。

ジョー　ファック・ユー。女みたいにペチャクチャ喋りやがって。あいつが欲しいんだろ。お前、歯を磨いてないな、臭いぞ。二十歳前なんだろ、初めてなんだろ、女とやったことないんだろ。地獄の女が、脚に産毛が生えたロマンチックな淫売がお前に抱きついてきて、これぞまさしくお望みっていう白い真綿の布団にくるまって来てくれるかもよ。布団の下には裸の女だ。お前もとうとう女の悦楽の神秘のすべてを知るかもよ。まあ、やってみなよ。誰も邪魔するもんか。やってみな。俺にはあの可愛いジョーカーが手の内にあればいい。けれど、おとなしくしてるんだな。勝負の相手はあの女じゃない。あいつはカードのほんの一枚。俺の対面《といめん》に坐っているのは、あの男だ。そいつと切った貼ったの大博打さ。

マイク　それは違うよ。あんたは明日になったら全部忘れちゃう。覚えてなくちゃ勝負を続けられないだろ。ぼくが代わりに覚えていてあげるって言ったのを、有難いって思うようになるよ。

ジョー　お生憎だぜ。俺とお前の間にあの女を入れたな。俺の記憶と俺の間には、誰もいたことはないんだ。おい、影法師、俺を見くびるなよ。安値で俺を売り飛ばそうなんて、もってのほかだ。

マイク　あれ、ぼくに返してよ。そしたら新品の革の財布をあげるから。

ジョー　死んじまえ。

マイク　ダイヤモンドのネクタイピン、こいつはけっこうな金になるぜ。それからシルクのワイシャツ。純金のカフスボタン。

ジョー　バカか。

マイク　あんたに、いいもんがあるんだよ。

ジョー　俺がほしいものを、お前が持ってるもんか。

マイク　ほら、プラチナの腕時計、持ってなよ。二度と手に入らないって。

（ジョーは腕時計を手にして、あれこれ確かめるように見る。それから腕時計を地面に置き、何も言わずにブーツの踵で、ゆっくりと踏みにじる）

マイク　（涙を浮かべて）苦労して手に入れたんだ。腕時計だよ、プラチナだよ。プラスチックじゃないよ。もう手に入らないよ。
ジョー　行け。そこらじゅうの扉の前で、口おっぴろげてあいつとチューしてろ。
マイク　ごまかさないでよ。ぼくを失うのが怖い。それだけなんだろ、ジョー。
ジョー　あいつと好きにしてな。エレベーターでひっつきあってろ。あいつの白目までむさぼり食って、フロアのあいだでほざいてろ。「ぼくのこと愛してないんだね」。床がガタガタ鳴りっぱなしだぜ。どうやってやるのか分かってなくちゃな。そりゃあお前さん自身の問題だ。きれいな外国語で恐ろしいことをささやいてやるんだな。電話で言うんだぜ、「バイクにガソリンは入っている。すぐそっちへ行こうか。やっぱり機嫌を直してくれないかい?」行け。自分の力を計算して、そしてあの女にのしかかれ。沈黙の柱が背中に入ってくるぞ、あの女と芝生に寝ろ、渦と波とを肉にくっつけろ。あいつのシルクのようなミミズの肌を、その手で柔らかくしてやりな、あのしっとりした髪を汗まみれにしてやりな。あいつの何本もある手でお前の胸ぐらをまさぐらせてやりな、虫けらみたいに地面にピン止めされたらいい、痣になるまで愛撫して、起き抜けに合言葉でもささやくんだな。神様に捧げる祝福の儀式でも片っ端からやってみるんだな。お幸せに。愛にまみれて終いにはお互い叩きのめされるんだな。

（ジョーは退場する。サラが登場する）

11

（サラ、マイク）

サラ　何か話して。話してちょうだい。黙ってちゃイヤ。

マイク　ぼくの親はしょっちゅう引越ししてた。いつも同じような新しい家、同じような庭、草一本生えてない、だだっ広い畑、同じような新しい木、それが並んで垣根になってた。

サラ　もっと。

マイク　父親は何かと係わり合いになるのをいつも避けてた。組織に入るのも、近所と付き合うのも拒んでた。家だっていつまでも住む我が家だとは考えていなかった。ほんとに工場ジプシーだったな。

サラ　もっと。

マイク　母親は何もかも売り払うのに慣れっこ、無頓着な人だった。だからぼくたちガキにはかまいもしない。
ねえ、サラ、お前には手こずるよ。あっちでもない、こっちでもない、隠れて遊ぶのはやめてよ。こっちが参っちゃうよ。

サラ　もっと。続きを話して。

マイク　ぼくらのうちの何人が、自分がどういうところで産まれたか言えるかな？　人生なんてあっという間に過ぎてくのさ。

人生がワインみたいに、だんだん良くなるって信じられたらなあ。まあ今ならコンピュータみたいにかな。もっと丈夫な家とか、ダムとか、道路とか、人工衛星とか作れるって信じられたらなあ。二百種類の薔薇を考えだせたり……

サラ　もっと。ずっと続けて。そうしてほしいの。

マイク　何だってレンタルさ。芝刈り機からミンクのコート、大芸術家の絵まで。父親の埋葬のときに、お墓のそばに植えておく大きな樫の木だって、一時間だけのレンタルさ。覚えてるよ。ロープが切られたら、床に落ちた。子供は喚きもしなかった。一言も言わず身じろぎもせず、首を吊った父親の蒼ざめた顔を、ただ見ていた。悪い冗談でも言ったみたいに、脂ぎった紫色の舌をダラリと垂らしてるのを、ただ見ていた。その子が八つか九つのときだった。その子がぼくさ。

聞いてないね。

悩みがあるならぼくに話してよ。

サラ　こうしてる間だって、あっちではあのバカがあれを返してくれない。赤ん坊はもう泣きもしない。寒がりもしない。もう何も感じないんだ。こっちではあんたが優しくしてくれる。とっても優しくしてくれる。私の心に入ってくる。私が忘れてしまうことを望んでいる。三秒だって私が忘れると思ってんの？　手を尽くしたわけじゃないわ、あいつの顔をメチャメチャにして口を割らせたわけじゃない、あいつが寝言で本当のことを言うのを聞いたわけじゃない、あいつをベロベロに酔わせて、本当のことを吐かせたわけじゃない。あんたはペチャクチャ喋って、私の頭を古い便所みたいに空っぽにしてくれただけ。煩わしいわ。ひとつ教えてあげるわね。女にくどくど言葉はいらないの。女は毎日、証拠がほしいの。証拠っていうのはね、早くあれを見つけること。早くしてね。早くやるのよ。

マイク　ねえ、あんたといると、どうしたらいいか分からないよ。あんたにはいろんな声があって、それがきれいなんだ。でも、サラ、あんたには何発も食らって、もうまともな頭じゃいられないよ。

（マイクは退場する）

サラ　（ひとりで）十二歳のときだった。私は頭に一発、ピストルの弾をぶちこんだ。それからずっと、弾は体のなかをめぐってて、まだ破裂していない。着弾点を探してる……

（サラが退場する）

12

（ジョー、男）

（ジョーが登場する。彼はナヴァージャ〔スペインの剃刀〕を手にしている。嬉々としているようでもあれば、

脅しているようでもある）

ジョー　あいつはバカさ。パパのお坊ちゃんさ。俺たちが食い合えばいいらしいぜ。でも、そうなったらひどいことになる。争いのもとになって、そこらじゅうに紛争の種が撒かれちまう。まあ、ちょっと大袈裟だがな。食い合いをしたら、みんな噂を聞いてたちまち同じように始まるさ。まあ、自分を食えとは言わないが。そうなったら、いつまでもお互い食い合って、その血を舐め合うんだ。どうして遠慮ってものがないのかね。あんた、もっといい方法を知らないかい？　もっと愉快な方法をさ。

男　私にどうしろと言うつもりだ？（ジョーが剃刀でそっと自分の手のひらを撫でる。いく滴かの血が手のひら一面に吹き出す）。道具として非のうちどころがないな。これであんたの問題は全部解決だ。教えてほしいね、私を殺して何の得があるんだ？

ジョー　楽しいってことさ。

男　そりゃそうだろう。

ジョー　（せせら笑って）殺すのは良くないな。

男　場合によるさ。許されるとはいえないが、金のためなら、まあ根拠にはなる。楽しみのため、本当にそれだけのために殺すのもいいだろうね、しかし、それは「悪」というものだ。

ジョー　そいつが好きなのさ。勃起するぜ。

男　それは道理だ。でも、十分とはいえない。

ジョー　ほう？　どういう点で？

男　血を流すのはよせ。気色悪い。

ジョー　えっ？　血を見るのが？　気持ち悪いのか？　もうここには壁しかない。空だってあるにはちがいないがな。建物がライトを浴びて唸ってる。木という木は灰色一色。人々は盗みと殺しに街を走る。神様はな、大地を創ったとき、女もいっしょにつくって、そいつと交尾したのさ。神様の精液は火と血でできていた。産まれたのは怪物ばっかり。

男　詩人だな。

ジョー　いいや、狂ってるだけさ。

男　正気でいるよりましだな。

ジョー　お世辞にもならないぜ。俺は淫売の嫌われ息子なんだ。死ぬのは怖くないんだよ。

男　やめろ。俺があんたに何かしたか？　金ならやってもいい。だいいちそうだろ、生きてるから小切手だって振り出せるんだ。銀行にだって行けるんだ。生きてるからこそ、あんたを金持ちにできる。死人は厄介なだけだ。

ジョー　いくらだ？

男　えっ？

ジョー　あんたの命。

男　そうだな。

ジョー　ダメだ。

男　何も言ってないじゃないか。

ジョー　三倍だ。
男　いいだろう。四倍でもいい。
ジョー　いいよ。俺はかわいそうな野郎の命を、お慈悲で奪ってやるのが好きなのさ。どう見たってあんたもそのひとりだな。こういう奴の話を知ってるだろ。金持ちの家に上がりこんだら、そこのデップリ太った金持ちが、床に唾を吐くなと言ったのさ。痰を吐くのは奴の癖だった。床は高級な寄木張り、そこらじゅう豪華絢爛さ。で、奴はちょうどそのときデッカイ痰を吐こうと、口のなかに溜めてたんだ。もう吐きたくって吐きたくってしょうがない。口いっぱいにあふれてきて、もう出さなきゃならない。飲み込もうにも、もう飲み込めない。そこで、奴はとうとう痰を吐いた。金持ちの顔めがけてだ。この家じゃ汚いところはそこだけだ、って言ってな。
ま、ここは特別きれいでもなけりゃ、金持ちの家でもないけどな。俺もそうさ。

（ジョーが男の顔に唾を吐く。男はそれを袖でぬぐう）

さあ、ここへ何を探しに来た？　気をつけなよ、俺は女の子じゃないんだぜ。チビだのアマだのとは違うんだ。一番強いのはあいつじゃないのさ。え、違うか？　俺はな、空っぽなのさ。

（ジョーが男の上着の襟をつかむ。そして男の首に剃刀をそっと滑らせる。男は身じろぎもしない。男はよ

ろめかないが、首から少し血が流れる)

旦那、初めての愛撫だぜ。

男　剃刀はしまおうじゃないか。真面目な話、終いには自分を傷つけることになるぞ。あんたと私は同じ金属で出来てる。私は資産家であんたは物乞い、けれども二人ともいっさいの変化、いっさいの改革が招く混乱には大反対。私は豊かさのなかで、あんたは貧困のなかで育ったがね。

ジョー　巧いこと言うね、え、名言だぜ。

さ、芸術家さん、イカレポンチ。その喉、潰してやろうか。何か言ってみなよ。楽しませてほしいね。泣かせてほしいね。え、芸術家さんよ。理由が要るならこれが理由さ。ある男が一匹の山羊を選んだのさ。民族のありとあらゆる罪をそいつにおっかぶせて、殺したのさ。

さあ、白状するか、それとも死ぬか？　さあ、ここへ何しに来た？

男　息子だ。

ジョー　何?

男　ここに息子を探しに来た。

ジョー　ほう、だったらそうと、早く言えばいいじゃないか。可愛いお坊ちゃんがフカフカのおうちを飛び出して、ハイエナの森にまぎれこんだ。それを命がけで探しにきたのかい。

きっと、ヤク漬けだよ。おとなしく親の後を継ぐ子供なんか、もういるもんか。倅の名前は何てんだい？　やつは知ってるのかい、あんたがこのあたり探しまわっているのを？

男　もういいだろ。力になってくれないか。悪いようにはしない。キャッシュで十万。どこの銀行でも下ろせる金だ。で、倅が見つかったらもう十万。

ジョー　俺の山羊になるんだな。けど、例のバカ息子みたいにこの世の救いとやらのために犠牲にされるんじゃない。あんたは憎しみと楽しみのためにそうされるんだ。勃起するぜ。あんたの血が流れて、俺の喜びとひとつになるのさ。

（ジョーが高々と剃刀をかかげる。ジョーの背後の物陰からマイクが飛び出してきて、板切れでジョーを叩きのめす）

男　ありがとう。

マイク　礼なんかやたらに言うもんじゃないよ。イライラする。

男　お礼はさしあげよう。

マイク　何かくれなんて言ってないよ。何も要らないね。ぼくが守ってあげたのはあんたじゃなくて、この人のほうさ。この人をこの人自身から守ってあげたのさ。時々見ててやらないと、バカなまねするもんでね。

この人、プラチナの時計踏み潰したよ。あんたのやつさ。踵でひと潰し。きれいな時計

男　だったな。

マイク　ここから生きて出られたら、ほしい時計をいくつでも買ってやるよ。

ぼくをあてにすんなよ。あんたのために何かしてあげるかどうか、時計で決まるわけじゃない。

（男が退場する）

13

（ジョー、マイク）

（マイクがジョーの頭に包帯を巻いてやっている）

マイク　触らないで。触られたら痛いよ。

ジョー　俺はヘトヘトだ。

マイク　あんたを竜巻みたいに思ってたけど、やっぱり疲れるんだね、パワー・ダウン。

ジョー　ファック・ユー。

マイク　ある時は桃色気分、ある時は灰色気分。ふたつの顔。リヴァーシブルだね。

ジョー　お前、ほんと了見が墓の穴みたいに小さいな。

マイク　誰にも言わないよ、絶対。
ジョー　いいか、俺とお前は新しい人種だ。幻覚的、かつ形而上学的な栄光の人種だ。
マイク　どうかしたの？
ジョー　死神の鼻っ面で屁をこいてやろうじゃないか。お喋りと金、そいつは俺たちの仕事じゃない。なあ、お前、栄光への階段の、こんな下のほうにいたってしょうがないだろう。ここが好きか？
マイク　こんな汚いところ、見たことないよ。
ジョー　生きてきたのが不思議だって、ときどき思うぜ。お前があの、おっぱいを薔薇色にふくらましたメス豚と話をしている間に、俺はあの男と話をした。知ってるか、あいつが何者か？　ここへ何しに来たか。

（間）

マイク　そんなふうに黙っちゃうのは、いい徴じゃないね。いつも重大なことがある。
ジョー　あの年寄り、きれいななりしてるが……
マイク　あいつの話なんかいいさ。ぼくたちには関係ない。ほっとけば出ていくさ。やめようよ。
ジョー　あの男、息子を探しているんだ。
マイク　へえ、それで？　それがあいつの問題なんだ。
ジョー　誰だって孤独と決着をつけられるもんじゃない。孤独な人間と、そうでない人間がいる。

ふたつの陣営があって、ときどき一人の孤独な人間が誰かを連れ出して反対側の陣営に出て行くのさ。激しい衝突もない、明確な決定もない。けれども、孤独な人間とそうでない人間とのあいだには、はっきり目に見える境界線があるんだ。ふたつの陣営が捕虜の交換をするんだ。あの男は孤独な人間の陣営から飛び出して、息子を探しに来た。あいつが探してる捕虜、それはお前だ。

マイク　ぼく？

ジョー　お前、おやじさんの話を聞かしてくれたことないな。

マイク　言うことなんかないさ。

ジョー　なあ、銀行のクマやイノシシ連中だって手なずける男が、犬コロみたいにお前の足元に寝っころがってきたんだぞ。さあ、ここだぜ、マイク。お前の出番だ。あの男から何を搾り出せる？

マイク　ぼくには父親はいないんだ。それを変えるわけにはいかないよ。

ジョー　変えるんだ。一日でコロッと変えるのさ。やってみれば分かる。

マイク　イヤだ。ぼくには父親なんかいない。筋肉の山だろうと、千人の兵士だろうと、何も変えることはできない。

ジョー　話を聞け。ここは荒野だ。誰一人、人の話なんか聞いちゃいない。父親がいなくたって、そんなことかまうもんか。俺が言ってるのは、あいつは息子を探してる。野生の天使みたいに可愛い顔したお前だったら、あいつの息子にはうってつけだ。あいつといっしょにここから出ていくんだ。

マイク　ぼくとあんたのことは？

ジョー　俺たちのことはこれっきりだ。もう、おやすみのあいさつも無しだ。もうここじゃ、あいさつはうわべだけだ。いやな夜ばかりだ。

マイク　息子って、誰でもいいわけじゃないだろう。

ジョー　うまくいく。俺が言ってるんだ。

マイク　ジョー、あんたに文句があるんだ、あんたがしてることにだ。ジョー、ぼくたち、もう会えなくなってもいいの？

ジョー　お前、野蛮人だろ。俺は野蛮人ってものをよく知ってる。野蛮人は楽しみを求めるもんさ。見渡すかぎりの楽しみをプレゼントしてやるんじゃないか。

マイク　やめなよ、そんなしょうもない小細工。うまくいくわけないだろ。あんたの筋書きには瑕がある。あいつがここで息子を探しているのは、息子がこのへんにいるからなんだろ。でも、中身がない形ばかりの息子じゃないだろう。身元の証明だって必要だろ。だいたいこんなところに息子が……

ジョー　また関係ないことに出しゃばろうってのか？

（男が登場する。沈黙）

（マイクが退場する）

第3部

14

（ジョー、男）

男　どうかね、取引は？
ジョー　脳天が痛くてな。
男　じき治るさ。
ジョー　俺の剃刀、返してくれよ。
男　お互い爺さんになる前に、早いとこ首を落としてしまうことだな。寝てる間にとか、森の外れでなんてのは嫌だがな。朝、駅で覆面の男に取り押さえられてスパッと、なんていうのもな。
ある日のことさ、かみさんがガキを連れて出ていった。それきりナシのつぶてさ。だが足取りはつかんだ。俺を捨てて何年かして精神病院で御陀仏さ。俺もぐうたらな顔した、ろくでなしだったしな。で、それから倅の行方もつかめた。
ジョー　剃刀を返しな。
男　つまらない野郎にこの首はねてもらいたくはないね。
ジョー　返せ。

男　いっそ雪に向かって、もっと早く降ってくれって頼んだらいい。私は死ぬつもりでここへ来たわけじゃない。

ジョー　俺の顔見て思ってるな、こいつ、もう何も考えちゃいない。あるのは本能的な欲望だけだってな。もうあんた相手に剃刀振り回そうとは思わない。あんたが怖いわけでもないし、あんたに何か期待してるわけでもない。あんただって俺に要求しやしない。だから無関心でいるのが、俺とあんたの間の正確な気持ちだな。それが俺の望むところさ。

男　そうだろうな。奇妙な話、会ったときからすぐ分かったさ。お互い同じ人種。理解し合えるってな。

ジョー　世の中、自分の生き死にを気にしない奴は俺一人じゃないってな。

男　倅に会ったら言ってやりたいんだ。お前、男として一本立ちしたければ手を貸してやるぞって。

ジョー　くだらねえ。倅を男にしてやれるやつなんかいねえよ。俺のオヤジがここに来たら、この汚ねえところにほっといてくれ、ってそれしか言うことないぜ。警察だろうが王様だろうがここまで力は及ばない。王様だってここをどうやって治めたらいいか分からない。国民だってイラついてるぜ。剃刀返せよ。

男　息子に会ったら言ってやるんだよ、お前、一緒に小数の割り算を勉強したことがなかったなと。

ジョー　まったくくだらねえポエジーだぜ。父親ってもんは息子にとっちゃ、みんな汚らしい男なんだよ。俺なら父親の目の前で言

男　ってやるね、遅すぎるぜこのじじい、俺の口と頭についてる七つの穴にはな、悪魔が入ってるんだい、俺の脳みそをガツガツと食ってるんだい、そいつらは俺の腹のなかで大宴会さ。汚物を植え付けるために俺の頭を掘り返してるのさ、俺はもう待ってなんかない、待ちに待って期待なんか使い果たしたのさ。

ジョー　私はあんたみたいに話ができないな。自分の口から完全に猿ぐつわを外したことがないもんでね。それが私の不幸の一部かな。けれどもその点では不幸だとしても……

男　剃刀、返してくれないのかよ？

ジョー　倅は、私に会いたくないんだろうか？　会えば、どれほどになるかも分からない私たち親子の負債を清算できるとは思わないのだろうか？　タダで会って話ができるんじゃないか。

男　べつに何かと交換じゃない。あんたに金をあげたら受け取ってくれるかね？

ジョー　金か。受け取ってもいいし、断わってもいい。でも、断わる理由はない。

男　ならもしも……（突然、ジョーが男の背後に回りこみ、柔道の技のように男の腕を乱暴にひねる。ジョーは男のポケットをまさぐって、札束と剃刀を取り上げる）……全部、あんたにやるつもりだったのに。

ジョー　かっさらったほうがマシよ。礼を言わなくて済む。あんたの倅、きっと言うだろうよ、何にだって耐えられる。ただし、愛情にだけは耐えられないってな。

（男は退場する）

15

（サラ、ジョー、マイク、しばらくして男）

（マイクが、おそらくジョーから盗み取ったとおぼしき剃刀でジョーを制止している。サラもマイクの味方になっている）

サラ　たいした要求してるわけじゃないわ。えっ、ジョー。あんた、ほんとにいい奴だったわね。最初は誰にも手におえないガキだったんでしょうけど。神経質なチビで、あちこちほっつき歩いては逃げ出して、学校なんかフケてばっかりで。で、すぐ施設に入れられて。

ジョー　接着剤、トリクロ……

（笑う）

マイク　（ゲームに加わって）アルコール・ショット。

ジョー　それからバリウム、ペントタル……

（笑う）

サラ　まあ、優しい子だったんだろうね。パン屋、それから港の労働者。一人部屋に入れられて、若者組に入れられて……

マイク　これ、どういう意味かも分かんないだろうね。

ジョー　二人して何が言いたいんだい？

マイク　思い出を掻き回してるのさ。

サラ　なかなか消えない思い出の数々……

保護司が大勢来てたわよ、あんたの事件を嗅ぎ回りにね。暗くて勾配のきついこのあたり。ぬかるむ階段、闇の袋小路、湯気を立てるゴミ箱だらけの路地、見渡すかぎり冷たい鉄板が広がるここへ。今じゃ扉に釘で板が打ちつけてあるだけのドックや倉庫、とっくの昔に見捨てられた停泊地、不法占拠者だらけの廃墟の街に。でも、あんたはおとなしくしてた、そう、何もなかったようにおとなしく……

ジョー　なあ、マイク、この女、出まかせばかりだぜ。

マイク　ほんとは、あんた、女が怖かったんだろ？　なあ、そんなふうに笑うなよ。

ジョー　こりゃ神経さ。二人してつるんで俺に食ってかかってくるんでな。

マイク　赤ん坊を隠すなんて、間違ってるよ。返してあげなきゃ死んじゃうってば。

ジョー　頼むよ、マイク。もういいだろ。

サラ　お望みなら、もうやめてあげるわ。

ジョー　マイク、あの酒場を覚えてるか？　お前は俺をじーっと見ていた。見てないふりをしてたけどな、でも見てた。俺が席を離れると、ずーっと目で俺を探してた（男を見る）。どっから出てきやがった。蛇みたいに岩場を登ってきたのか？

（サラが飲み物を一口飲む）

サラ　俺にもくれ。
マイク　ほんの一口よ（彼女がもう一口飲む）。もう空っぽ。
サラ　どこに隠してるの？　シラを切るの？　まだ言わないの？
マイク　ある晩のこと。あんたは、やるって決めた。浮浪者の喉に錐を打ち込んだ。そして誰かが来たから逃げた。ジョー、あんたはそこから一生逃げてきた。少しずつそれが蘇ってくる。違う、私の話？
ジョー　ぼくに何でも喋ってくれるって、そう言ったじゃないか。ぼくがあんたの記憶なんだろ？
サラ　バカ。お前に勝ち目なんかないんだよ。てめえを神だか悪魔だかと思ってろ。何にも知らないくせに、何でも知ってるつもりでいやがる。
マイク　赤ん坊、どこに隠したの？　もう泣き止んで、凍えて眠ってる。ずいぶん食べてもいない。言ってよ、ジョー。そしたらあんたのことはほっとくから。
　言ってよ。穢れたあんたの話なんか、聞きたくもない。もうじゅうぶんさ。言わないならサラが続けるよ。

（ジョーは沈黙）

サラ　越すに越せない長い歳月が過ぎた。で、今、あんたの昔馴染みがどんな人間か分かるときがきたのよ。ある晩、あんたは自分の親元へ帰った。

ジョー　頼む。こいつを黙らせてくれ、やめろってば。

（神経質に笑う）

サラ　あんたの育ての親は、あんたを糞溜のなかから拾い上げたのを、指を噛んで後悔した。産みの親は産まれたばかりのあんたを捨てた。本能がさせたんだ。で、親はあんたの顔見たらそこそこ嬉しがったけど、ただそれだけのこと。テレビから目も離さない。どうしらいいのかね、お互い五キロと離れて暮らしてるわけでもないのに、五年も顔を合わせなかった親に無視されるんだからねえ。あんたの妹は眠ってた。あんたはベッドのそばに腰掛けた。五年も経ったら妹だか何だか分からない。その時間にはもう、親も大いびき。そんな歳でもないくせに、子供の時分のオモチャやクマのぬいぐるみだらけのその部屋で、あんたは立ちあがった。大声出さないように妹の口に手を当てて、で、あんたは妹を……

ジョー　出まかせだ。
　マイク、聞くんじゃない。ウソっぱちだ。
　妹のことなんか覚えちゃいない。
（マイクは両膝に顔を埋めて涙を流す。ジョーは神経質に笑う）
男　（剃刀を拾い上げて）お遊びはこれくらいにな。
ジョー　あんたに言ってるんじゃない。行け。あんたの出る幕じゃない。
マイク　サラ！
サラ　ほっといてよ、おバカさん。
（サラがジョーのほうに行く。ハンカチでジョーの頬を拭いてやる。愛情のこもった仕種）
　ジョー、だいじょうぶ？　だいじょうぶ？
ジョー　だいじょうぶさ。マイク、あっち行け。踝が痛くてな。
（マイクがジョーの顔に唾を吐く。サラがジョーから離れる。ジョーが空き瓶を持ってそれを自分の額に打ちつけて割る）

俺はだいじょうぶさ。サラ、元気いっぱいさ。

（マイクが走って退場。男もゆっくり遠ざかっていく）

16

（ジョー、サラ、あとからマイク。さらに男）

ジョー　人間らしい武器では闘わないわけだ。むさぼり食らい、噛み千切る。残る手はひとつ。お前を生け捕りにして殺す。

サラ　私を修道女だと思ってるの？　子供を誘拐されたのよ、この男に。

ジョー　俺たちの子供だ。俺は良い父親になる。サラ、本当に良い父親だ。

サラ　子供をいきなり母親から奪って、誰にも分からないところに放っておいて、飢えさせて。

ジョー　心配ない。ちゃんと元気さ。もう泣いてもいない。

サラ　バカ。返して、あの子死んじゃう。

ジョー　コンクリのダクトのなかだ。風もネズミも入ってこない。

サラ　風とネズミだけ避けてればいいの？　隙間風がビュービュー吹いてるのはあんたの頭の中のほう。どうしてあの子を取り上げたの？

ジョー　俺は良い父親だ。

サラ　バカ野郎。最初は私に育てさせて。ちょっとだけ大きくさせてくれない？　あんたのバカさ加減につきあわせるのはそれからでいいでしょ。あの子をあんたに返そうっていうんじゃないよ。あの子のほうであんたになつく。男の子っていうのはね、ホルモンが出てくれれば、いずれは父親のところへ行くものよ。でもそれまでの、ほんの数年はね、か弱い母親の手で養われて、脳味噌も筋肉も重たくしていかなくちゃいけないの。野獣だってそうするのよ、ねえ。

ジョー　腐らせたらすぐ返してもらうからな。いいか？

サラ　返すんじゃないの。自分で行くの。そのほうがあんたたちのためにもなる。時間はかかるけど。

ジョー　赤ん坊なんか欲しくなかったんだろ、本当は。

サラ　何もかもごちゃごちゃにしないで。早くあの子を連れてきて。

ジョー　俺は膝当てをしてる。脛当てもしてる。リストバンドもだ。ボロボロの骨を守ってるんだ。いつ俺からサヨナラするか分からないからな。お前だってサヨナラするんだからな。

サラ　触らないで。

ジョー　赤ん坊はやっぱり俺の手には負えねえぜ。ギャーギャー泣き喚いて小便ばっかりしやがる。あの小っこい荷物、どうしたらいいんだい。

サラ　そりゃそうよ。あんたに出来るわけないわよ。

ジョー　なら選ぶんだな。赤ん坊か、それともマイクか。両方ってわけにはいかないぜ。

サラ　私がマイクをどうしようって？　あんなの邪魔。ガキは一人でじゅうぶんだわ。

ジョー　あいつ、お前に出会って変わったからな。

サラ　あんたが赤ん坊さらっていかなきゃ、マイクだって私と会うことはなかった。やっぱりあんたが悪いのよ。

ジョー　分かった。お前の勝ちだ。勝負はあの男とやるさ。勝ち目があるかどうか分からないけどな。それから、あのギャーギャー喚く小便野郎、あの小っこい荷物、あれには困ったぜ。

（ジョーは退場する。そして赤ん坊をくるんだ毛布を抱えて戻ってくる。サラが赤ん坊を抱きしめる）

サラ　行っていいのね？　じゃあ、あんたはここへ置いてくわ。あんたも子供だね。子供が子供をくれたのね。

ジョー　マイクには黙ってるんだ。いいな。
いつか俺はペヨーテをやるんだ。何もかもが緑色になって、サボテンの形に見えるんだ。お前の肌も緑色になって、眼の下に隈ができてあっという間に世界一のばあさんインディアンそっくりさ……やりすぎたらポリオと同じ症状が出て死んじまう。だが、薬が抜けても中毒にはならない。

（マイクが登場する）

マイク　返してもらったの？　どうやって返してもらったの？　寝たの？
サラ　私とジョーでこの子を作ったの。作って良かったとは思わないけど。でも一緒に作ったの。
マイク　ああ。

（間）

ジョー　サラ、黙れ。マイク、こいつの話に耳を貸すな。出まかせばっかりだ。
マイク　ぼくは、あんたのものだったんだろ？　それが今じゃ何さ？　お払い箱かよ？　じゃなきゃ何なのさ？
ジョー　落ち着くんだ。
マイク　サラのことも、ぼくのことも、どうだっていいんだね。サラ、お前のことなんか憎んでやる。ジョー、どうして言ってくれなかったんだい？

（男が登場する）

男　喧嘩かい？　暗闇のなかで太陽とは何か、意見が対立している動物たちみたいだな。
マイク　赤ん坊が動かない。
男　暖めるんだ（男が赤ん坊をさする）。息はある。でも、手遅れになったら。

サラ　私、怖いんじゃないのよ。怖くなんかないわ。
男　衰弱して動けないんだ。一緒に来い、病院だ。
サラ　肉体は肉体が孕むもの。肉が肉を産むのよ。私が体で暖めたら元気にならないかしら。
男　無理だ。
マイク　ジョー、あんた、頭がおかしいよ。
サラ　あそこへは行きたくない。行ったら福祉なんとかでもって、この子取り上げられちゃう。
私、守ってあげられない。あいつらに取られちゃう。
男　だったら子供なんか産むな。ほっといたら手遅れだぞ。死なせる気か？
サラ　行ったらこの子、取り上げられちゃう。
男　ここに置いといたら死ぬぞ。さあ、来るんだ。
サラ　どうしたらいいの？
男　なら、私が、この子を買おう。現金で十万。その金でここから抜け出してくれ。子供も
助かる。あんたたちだって幸せに暮らせる。そのうちまた子供も作れる。
サラ　優しいクズだね、あんた。
男　できる。何だってできるさ。二十万。十五分ともたついてられないぞ。手遅れなら金は
出さない。
マイク　聞くな、こんな男の話。
サラ　三十万。
男　二十五万。最終提示だ。

サラ　三十万。
男　ロシアン・ルーレットでもする気か？　二十五万だ。
マイク　サラ、あんた、狂ってる。
サラ　オーケー。二十五万。

（男が小切手にサインをする。サラが男に赤ん坊を渡す。男が足早に去る）

マイク　サラ。
サラ　ほっといてよ。好きにすれば。
ジョー　人はみんな、誰かの足を踏んで歩く。自分が何を踏み潰したか、だれも気にしない。
マイク　サラ、ねえ、どこへ行くの？　待ってよ、ぼくも行くよ。
ジョー　行ったらいい。
サラ　さあ、二人して殺し合いでも始めるのね。私は知らないわ。

（サラは退場する）

17

（ジョー、マイク、あとからサラ）

マイク　あの女、二人のものにしたら良かったね。
ジョー　悲しむなって。女なんてみんな、男の心を打ち砕くのさ。
（サラが戻ってきてジョーに近寄る。二人は見つめ合う）
マイク　お別れの挨拶の前に言うけど、ジョー、ぼくにはあんたしか仲間はいないんだ。もう、あんたみたいな仲間、持てないな。ぼくを残していかないで。人生、まさかの崩壊さ。こんな野ざらしの下水をどうやって飛び越えていけっていうんだよ？
（サラがジョーにキスする）
ジョー　人を殺すってのも、それなりに理由があるもんさ。
マイク　ジョー、ぼくの兄弟、ぼくの親友。悪魔なんかじゃない。安っぽい、醜い老いぼれ娼婦のことも忘れないでくれよな（ジョーがマイクにキスする）。ほんとに、人を殺すって、それなりに理由があるんだね。
ジョー、この穴ぼこの底でぼくと喧嘩してくれよ。闇の中であんたがよろめく姿が見えるようだよ。どうしてこんなに気持ちが。この鉄、コンクリート、アスファルト、運河の鉄橋、ボクシングの試合、煙でもうもうとした部屋。

ジョー　神様がお前をもっと太っ腹に生んでくれなかったのを嘆くんじゃないよ。
マイク　嘆いちゃいないさ。自分が靄の中、ゴミ箱の上でよろめいてる酔っぱらいの黒人みたいに思えてくるのさ。

（サラがこっそり遠ざかり、姿を消す）

ジョー　どうしてこんなにすがすがしいのかね。わだかまりなんか、ひとつひとつ数えられるくらいだ。サラ、サラは？
マイク　ぼくとあんたなのさ。男二人でいっしょに進むのさ。ジョー、ぼくを抱きしめて。絶望の汚物を真っ白な綿毛でくるんでね。ここから抜け出すんだ。おしまいさ。この夜、この荒野。ジョー、見てごらんよ、あの雲。
ジョー　（大声で）サ・ラー！
マイク　いまいましい神様の巨大な指さ。石炭の粉塵とくすんだ雪をつきぬけて、ほら、ぼくたちのことを指差している。
ジョー　見つけるんだ、探すんだ、マイク。
マイク　暗いところで喚かないでよ。おしまいさ。もう元へは戻らない。世界は年老いた。ぼくらはそれよりもっと年老いた。ぼくと、あんたと、彼女は、……あ、朝日がさしてきた。
ジョー　サ・ラー！
マイク　あんたは、ぼくが知ってるたったひとりの偉大な人間さ。

ジョー　サ・ラー！
マイク　ジョー、ねえ、こんなところで、生きていける？
（暗）

解題

佐藤　康

作者ミシェル・アザマ Michel Azama の経歴については別書（『海外戯曲アンソロジーⅢ』日本演出者協会編・れんが書房新社刊）に紹介したことがあるが、読者の便宜も考えて再び簡単に記す。

一九四七年に生まれたアザマはジャック・ルコックのもとで俳優教育を受けた後、劇作家に転向する。ブルゴーニュ国立演劇センター専属作家、国立舞台作品執筆センターの機関誌「カイエ・ドゥ・プロスペロー」編集長、ＥＡＴ（演劇作家協会）会長を歴任して現代作品の上演活動に力を注ぐ。作品には本書に収めた『十字軍』、『夜の動物園』をはじめ、前掲書に所収の『隔室』のほか、『イフィジェニーあるいは神々の罪』、『聖家族』三部作（『狂った愛』、『聖なる愛』、『カオスの天使』）、『アケナテンの二つの大地』、『アステカ』などがあり、これらの作品はフランスはもとより、十数か国で翻訳上演されている。

またアザマはＥＡＴ会長時代に、現代フランス語圏の演劇作家を展望するアンソロジー『ゴドーからズッコへ』全三巻の責任編集者としても貴重な仕事を残している。ＥＡＴは公共劇場における現代作家の新作上演がほとんど行われない「演出家の時代」の演劇状況に対する抗議の姿勢を示すため、二〇〇〇年に組織された劇作家の団体である。作品・作家を紹介するためにさまざまな企画を精力的に開催するほか、公演に対しては手厚いが、作品執筆には必ずしもそうとは言えない文化政策の改善を求めるはたらきかけを行っている。

アザマ自身も、現代作家の地位向上のために、学校における演劇創作活動に熱心に取り組み、とりわけ問題行動の多い生徒を芸術創造の現場にかかわらせる活動を通して実績をあげている。『イフィジェニー』は高校生との協同作業が生んだ作品でもある。

アザマの作品のなかでも、世界各国でもっとも広く上演されているのは『十字軍』であろう。初演は八九年にディジョンで行われているが、とりわけ若い俳優集団からその後も支持され続け、近年はイスラエルのフランス大使館内でも演じられた。明らかに作品の舞台となっている中東の紛争地での公演は、若者の命が戦争の犠牲にされてはならないという祈りのこもったインパクトをさらに強く与えるものに映っただろう。戦いの中で命を失う若者の姿は鮮烈ではあるが、時を越えてエルサレムをめざす「めんどりおっ母」や、死者たちを天国へと迎え入れるユーモラスな老夫婦の存在が、見る者に救いを与えていて絶妙である。「叙事詩的で、シニカルで、悲劇的な」作品を書きたかったと述懐するアザマの意図も、人間の愚かさを異化的に眺めることにあるのだと思われる。事実、『十字軍』の世界はパレスチナ紛争をはるかに超えて広がっていく。木こりのルノーやインディアン、武器商人ザックや、生き埋めにされた労働者など、人類の愚行の犠牲になった者たちが、あたかもパレードのように次々と現れては天国に召されていく。

作品の発想のもとになったのはブレヒトの『子供の十字軍』である。ハーメルンの笛吹き男の伝説を下敷きにして、ブレヒトは第二次大戦中のポーランドで死んでいった子供たちへのバラードを捧げたのだが、それに対して、アザマは数々の古典作品を下敷きに、パレスチナの泥沼のような殺戮のなかにいる子供たちへの劇詩を捧げたのである。少年イスマイルと少女ベラは、敵味方を越えて愛し合い、悲劇の結末を招くパレスチナのロミオとジュリエットであり、天国の老夫婦はベケットの『しあわせな日々』を想起せずにはいられない。言うまでもなく「めんどりおっ母」は『肝っ玉おっ母』その人の、永遠に続く死後の旅路の姿にほかならない。蛇足ながら、初演時にはアザマ自身がこの役を演じたと聞く。

『夜の動物園』は九四年、初演と同時にボーマルシェ賞を受賞した作品である。叙事詩的な趣を持つ『十字軍』とは異なり、この作品の舞台はただのゴミ捨て場。社会を捨てたのか、社会から捨てられたのか、アウトローの三人が暮らす番外地である。兄貴分のジョーと、その子分のマイク、そしてジョーとの間に赤ん坊を産んだ女性サラとの、三角形の権力闘争の場に、そこへ息子をさがしに来たという金満家の男が紛れ込む。

再三にわたって繰り返される「取引」のテーマは、どこかベルナール＝マリ・コルテスの『綿畑の孤独のなかで』を思わせる。また、その取引を通して社会への回路を取り戻そうと登場人物が企てるのは、同じコルテスの『西埠頭』とも一脈通じている。

実は、アザマはコルテスが八九年に早世するまで、コルテスと緊密な親交を結んでいたらしい。コルテスの死をきっかけにアザマはパリを離れ、故郷のスペイン国境に近い地中海岸に暮らすようになった。息の長い、切れ目のない文体を多用することや、モノローグが随所に現れることなど、アザマはコルテスから大きな影響を受けている。『夜の動物園』はコルテスの追憶に捧げられた作品であるとも言えよう。

なお、日本におけるアザマ作品の上演については前掲書に触れたので、そちらを参照していただきたい。

ミシェル・アザマ Michel Azama
1947年生まれ。フランスの劇作家。代表作に『隔室』、『聖家族』、本書所収の『十字軍』、『夜の動物園』など。詩的で濃密な文体により、残酷な運命にさらされた人間の姿を描く作品が多い。

佐藤　康（さとう・やすし）
現代フランス演劇研究、舞台翻訳家。学習院大学ほか講師。第1回小田島雄志翻訳戯曲賞を受賞。新国立劇場現代戯曲研究会メンバー、「黒テント・世界の同時代リーディングシアター」ディレクター。

編集：日仏演劇協会
編集委員：佐伯隆幸
齋藤公一　佐藤康　髙橋信良　根岸徹郎　八木雅子

企画：東京日仏学院 L'INSTITUT 東京日仏学院
〒162–8415　東京都新宿区市ケ谷船河原町 15
TEL03–5206–2500　tokyo@institut.jp　www.institut.jp

コレクション　現代フランス語圏演劇 05
十字軍／夜の動物園　*Croisades + Zoo de nuit*

発行日――2010年6月30日　初版発行

＊

著　者――ミシェル・アザマ　Michel Azama
訳　者――佐藤　康
編　者――日仏演劇協会
企　画――東京日仏学院
装丁者――狭山トオル
発行者――鈴木　誠
発行所――㈱れんが書房新社
〒160-0008　東京都新宿区三栄町10　日鉄四谷コーポ106
TEL03-3358-7531　FAX03-3358-7532　振替00170-4-130349
印刷・製本――三秀舎

 ISBN978-4-8462-0369-6 C0374